Wolffs Broschur

Ivan Gončarov

Nymphodora Ivanovna

Eine Erzählung aus St. Petersburg
im Jahre 1836

Aus dem Russischen
übersetzt und herausgegeben
von Peter Urban

Friedenauer Presse Berlin

Auf das Polizeirevier eines der entlegensten Teile der Stadt, in Petersburg, kam eine junge, adrett gekleidete Frau und begab sich, nachdem sie den Wachmann gefragt hatte, wo das Kontor sei, der Richtung seines Zeigefingers folgend, zu der steilen Steintreppe, die ausgetreten war von den schmutzigen Füßen zahlreicher Besucher.

Polizeirevier ... Entschuldigen Sie, daß ich Ihr zartes Ohr beleidige, aber bei Gott, das Polizeirevier ist eine bemerkenswerte Sache.

So sehr sich die Regierung auch darum bemüht, die Altäre der Polizei reinzuhalten, ist die Polizei, gleich einer Dame aus der Provinz, nur außerhalb ihrer Behausung adrett und geht zu Hause nachlässig, in Strümpfen ohne Fersen, in Schuhen ohne Sohlen. Was wollen Sie? Sie kann nicht anders. Bedenken Sie, wer hinter ihren Kanzleitischen sitzt, wer kommt oder, besser gesagt, wer vor diese Tische gebracht wird, und in welcher Vielzahl, in welchem Zustand diese Besucher täglich erscheinen, zu jeder Tageszeit, vom Morgen bis zum Abend, vom Abend bis zum Morgen.

Oh! Auf dem Hof des Reviers ist an den Glanz polierter Türgriffe und gemusterte Sandhäufchen an den Treppenrändern nicht zu denken. Hier endet das Drama stürmischer Leidenschaften, die jegliche Einführung von Ordnung, Reinlichkeit und Symmetrie verhindern. Laster in ekelhaftesten Arten, Verkommenheit in schmutzigsten Bildern erscheinen dort mit aufgedunsenem Gesicht, mit zinnernen, getrübten Augen, mit Armen, die mit einem Strick straff auf den Rücken gebunden sind. Blutverschmierte Gesichter, gebrochene Arme und Beine, ganze Leichen ohne Kleider oder nur schmutzige Kleider ohne Leichen – das sind die Gegenstände, die täglich auf den Polizeirevieren erscheinen. Von was für einer Reinlichkeit, von was für einer Ordnung könnte hier die Rede sein!

Die wohlansehnliche Frau, die sparsam den Saum ihrer Saloppe und ihres Kleides aufhob, stieg die Treppe hinauf. Die Regung der Sparsamkeit bei ihr war diesmal eine Regung der puren Gewohnheit: die mathematische Seite ihres Verstandes hatte hieran keinen Anteil. Der Unbekannten stand der Sinn nicht danach. Ihre weiblichen Gedanken, bisher befaßt mit den Annehmlichkeiten des häuslichen Lebens, verbanden sich mit einem schmerzlichen Beben zu der ihr fremden Vorstellung, sich auf dem Polizeirevier zu befinden; ihre blauen Augen, gewohnt, nur die wohlansehnlichen Gerätschaften ihrer Behausung, ihren lieben Mann und das blühende Gesichtchen ihres ersten Kleinen zu sehen, hätten sich beinahe geschlossen, als ihnen nur Dunkelheit, Enge und Unreinlichkeit ringsumher begegneten, die Füße wollten nicht mehr gehen, die Hand weigerte sich, die besudelte Tür zu berühren.

Aber es war nichts zu machen! Ihre zarten weißen Finger zeichneten sich ab vor dem schwarzen Flecken, den die Hände der anderen Besucher hinterlassen hatten; die Tür öffnete sich mit einem durchdringenden Wehgeschrei; verschüchtert betrat die Unbekannte das erste Zimmer.

Ein anderer oder eine andere an ihrer Stelle wäre kühn auf den hier sitzenden krummen Soldaten zugegangen und hätte ihn gefragt: »Ist der Herr Aufseher da?« Der Soldat wäre dann aufgesprungen, hätte nach Maßgabe der Möglichkeit geradegestanden und geantwortet: »Durchaus nicht, Euer Wohlgeboren, durchaus nicht, gnädige Frau!«

Die Unbekannte aber trat ein – und blieb stehen.

Mit ihren achtzehn Jahren von Geburt und mit einem jungen, im Dienst befindlichen Ehemann ist es keine Kleinigkeit, aufs Polizeirevier zu kommen. Und dann noch aus welchem Anlaß! Während sie in die strenge Physiognomie des ersten Zimmers sah und jemandes zornige Stimme hörte, die gemeinsam mit einem Lichtstrahl aus der halbgeöffneten Seitentür drang, stellte sich die Unbekannte voll Entsetzen vor, wie sie den Grund ihres Kommens erklären würde, obwohl sie daran schon mehrmals gedacht und darüber nachgedacht hatte.

Vielleicht war noch nie eine Frau deshalb hierhergekommen, weshalb sie kam. Folglich würde der Grund ihres Kommens seltsam erscheinen. Außerdem: wer würde der Mensch sein, dem sie diesen erstaunlichen Grund erklärte? Würde er sie überhaupt anhören? Würde sie ihm nicht komisch erscheinen? Würde er sie nicht, unangebrachterweise erheitert, mit einem Bonmot, einem Scherz, mit Hohn und Spott entlassen? Ach! die Lage der Unbekannten konnte kalten Spöttern tatsächlich Nahrung geben, und Spott ist das, was im Unglück am bittersten ist!

In solche Gedanken verloren, regte sich die Ärmste nicht von der Stelle und brachte den krummen Soldaten um die Geduld.

– Was wollen Sie? – fragte er, ohne sich von seinem Thron zu rühren.

– Ich... ich... möchte den Revieraufseher sprechen.

– Er ist nicht da.

– Wer ist denn da?

– Der Diensthabende.

– Kann ich mit ihm sprechen?

– Weiß ich nicht.

Bei diesem »Weiß ich nicht« wußte die junge Frau nicht mehr, was sie machen sollte, weil ihre erzwungene Kühnheit versiegt war bei diesem donnergleichen »Weiß ich nicht«.

Wer weiß es dann? Gewiß nicht die, die danach gefragt hatte.

Nachdem sie noch zwei drei Augenblicke gestanden hatte im vergeblichen Versuch, erneut mit dem krummen Soldaten zu sprechen, begann die Unbekannte sich langsam auf die Tür zuzubewegen, aus der noch immer die zornige Stimme zu hören war. Während sie sich bewegte, betete sie zu Gott, die nötige Kühnheit auf sie herabzusenden; betend zwang sie sich, Mut zu fassen; Mut gefaßt, war sie jeden Augenblick bereit wegzulaufen.

Aber da stand sie schon vor der Tür. Ihr öffnete sich ein geräumiges Zimmer, ein schmutziger Fußboden, rußgeschwärzte Wände, klapprige Stühle, mit grünem Tuch bedeckte Tische, auf dem Tuch Tintenflecken und zwischen den Flecken Bücher, Papiere, Talgstummel in eisernen Ständern und Pomadendosen mit Sand und Tinte. Das ganze Zimmer war durch ein Gitter in zwei Teile abgetrennt, dahinter war der Fußboden reinlicher, das Mobiliar neuer. Dort an der Wand, gegenüber der Tür, durch welche die Unbekannte eintreten wollte, sitzt ein Polizeibeamter in Uniform, schaut und sichtet die vor ihm liegenden Papiere und hat dabei noch die Zeit, jemanden ziemlich ausdrucksstark zu beschimpfen, der sich an der anderen, gegenüberliegenden Wand befindet und für die Unbekannte deshalb unsichtbar ist. Das Gesicht dieses Polizeibeamten flößt kein Vertrauen ein; außerdem hat er schlechte Laune. Sollte sie nicht besser gehen? Die Unbekannte war schon dazu entschlossen, aber... oweh! zu spät.

Mit erhobenem Kopf und einem durchdringenden Blick auf die hübsche Bittstellerin legte der Quartalsaufseher die Papiere beiseite und wiederholte die Frage, die der Soldat gestellt hatte, milderte sie aber, denn er war kein Soldat, sondern Quartalsaufseher und nicht älter als fünfunddreißig Jahre.

Die Unbekannte trat auf den Aufseher zu, verbeugte sich und wollte zu sprechen beginnen, errötete wie Feuerschein und stieß schließlich stotternd hervor:

– Ich vermisse ...

– Was denn, gnädige Frau? – Die Unbekannte schwieg. – Was vermissen Sie? – wiederholte der Aufseher.

– Meinen Mann.

– Ihren Mann!

Leises Gelächter ertönte im Rücken der Unbekannten, aber der Quartalsaufseher warf einen strengen Blick dorthin und lud sie höflich ein, sich zu setzen.

Verloren in ihrer Verwirrung, die blauen Augen niedergeschlagen und bemüht, die Tränen zurückzuhalten, die aus ihnen stürzten vor Betrübtheit des Herzens und den Qualen des Schamgefühls, setzte sich die hübsche Unbekannte auf den äußersten Rand des Stuhls und erwartete mit einem Beben die weiteren Fragen des Quartalsaufsehers.

– Ihren Mann? Das ist seltsam.

– Ja.

– Sehr seltsam! Wo ist er denn hin, gnädige Frau?

– Ich weiß es nicht.

– Sagen Sie mir doch, seit wann und wie das kam?

– Seit langem. Schon drei Nächte hat er nicht zu Hause übernachtet. Das hat es früher noch nie gegeben.

An der gegenüberliegenden Wand fing man wieder an zu lachen. – Gvozdkov! – schrie der Aufseher, – scher dich raus, versoffener Kerl!

Ein bleicher Mensch im abgetragenen Rock kroch hinter seinem Tisch hervor und entfernte sich brummend aus dem Zimmer. »Mistkerl!« – sagte der Aufseher halblaut, ihn mit dem Blick begleitend. Die Unbekannte wurde ein wenig kühner nach dem Abgang dieses »Mistkerls«.

– Bitte ergebenst zu sagen, wer sind Sie, gnädige Frau?

– Beamtengattin zehnter Klasse.

– Name, Vatersname und Familienname?

– Nymphodora Ivanovna Serebrova.

– So. Jetzt bemühen Sie sich zu erklären, wie Ihr Unglück geschehen ist.

– Vor vier Tagen, am Sonnabend, ging mein Mann wie gewohnt ins Bureau, und seitdem habe ich nichts mehr von ihm gehört. Im Departement, wo er dient, sagte man mir, er sei am Sonnabend nicht dort gewesen.

Der Aufseher dachte nach und schüttelte den Kopf.

– Hierher sind schon viele gekommen, um Verluste anzuzeigen, – sagte er wie zu sich selbst, – dem einen ist der Hund entlaufen, dem andern hat man ein Pferd entführt, dem dritten die Wäsche vom Dachboden gestohlen, aber zugegeben, ich kann mich nicht erinnern, daß sich jemand über das Verschwinden seines Ehemannes beschwert hat.

Die junge Frau war verzweifelt. Nach den ersten höflichen Erkundigungen des Quartalsaufsehers hatte sie ihn für einen guten Menschen gehalten und begonnen, Vertrauen zu ihm zu fassen, denn eine gute Seele ist leichtgläubig, und plötzlich sprach dieser Mensch von Hunden und Pferden! Alles Vertrauen der armen Frau war verflogen; sie sah in dem Quartalsaufseher einen bösen Spötter, den sie am meisten fürchtete; die Kühnheit ließ sie im Stich; Schüchternheit und Scham, nur mit noch größerer Gewalt, überkamen sie erneut; sie wollte gehen und ging nur deshalb nicht, weil es ihr an Kühnheit gebrach.

Unterdessen sprach der Aufseher weiter, ohne die Leiden der wohlansehnlichen Bittstellerin zu bemerken, denn er hatte nicht im mindesten im Sinn, sich über sie lustig zu machen.

– Diebesgut finden wir oft auf dem Trödelmarkt wieder, aber so überarbeitet, daß es schwer ist, es wiederzuerkennen. Nehmen wir an, daß man Ihren Mann nicht überarbeitet, also trägt man ihn auch nicht auf den Trödelmarkt. Dieser Fall sieht ganz und gar nicht nach Diebstahl aus: Ihr Mann ist von sich aus weggelaufen, so wie manchmal ein Pferd wegläuft, oder ein Hund, eine Kuh, ein Leibeigener. Kuh, Hund und Pferd fallen oft einem ehrlichen Bürger in die Hände, der seinen Fund von sich aus bei der Polizei anzeigt; aber ich habe noch nie gehört, daß man den Fund eines Ehemannes angezeigt hätte. Ein flüchtiger Leibeigener kommt nicht weit, denn dafür bräuchte er einen Passeport oder irgendein anderes Ausweispapier; aber was für Passeports haben schon Ehemänner? Wirklich, gnädige Frau, – sagte er, an die Bittstellerin gewandt, – Ihr Fall ist unerhört! Übrigens, gestatten Sie mir, Ihren Namen zu notieren. Logieren Sie schon lange in unserem Stadtteil?

– Schon zwei Jahre. Im Haus des Kaufm...

– Kein Sorge, keine Sorge, – unterbrach der Quartalsaufseher mit selbstzufriedenem Lächeln, – wenn Sie schon zwei Jahre in unserm Stadtteil leben, sind Sie in unsern Büchern registriert.

Die Bittstellerin wollte gehen.

– Gestatten Sie! wie sieht Ihr Herr Gemahl denn aus, gnädige Frau?

– Großgewachsen, schwarzhaarig, schwarzäugig, weißhäutig, rotwangig.

– Ah! er ist also ein schöner Mann! Nur werden wir ihn nach Ihrer Beschreibung nicht erkennen. Hat er nicht irgendwelche besonderen Kennzeichen?

– Mir scheint, nein, – antwortete die junge Frau errötend.

– Zumindest, welche Kleider hatte er an, als er das letzte Mal vom Hof ging?

– Die Uniform mit Samtkragen, graue Hosen, den braunen Rock und einen runden Hut.

– Meine Verehrung!

Wenn Sie ein junges Mädchen oder ein Mann sind, haben Sie, versteht sich, keinen Ehemann und können nicht beurteilen, was es heißt, ihn zu verlieren. Wenn Sie dagegen eine Dame sind, die Sie erst seit kurzem diese – geben Sie zu, sehr angenehme – Bezeichnung tragen, dann werden Sie sich vorstellen, was Nymphodora empfinden mußte!

Der Ehemann, den Sie haben, ist ohne Zweifel sehr hübsch, sehr liebenswürdig, sehr gutherzig, sehr nett. Er ist Ihre ganze Freude, er geht mit Ihnen auf dem Nevskij Prospekt spazieren, begleitet Sie ins Englische Kaufhaus und in das der Madame Sichler, bezahlt in beiden, sitzt demütig in Ihrer Loge, mischt sich beim Ball nicht in fremde Angelegenheiten, streitet nie mit Ihnen, widerspricht Ihnen manchmal scherzeshalber, entsprechend der despotischen Gewohnheit mancher Ehemänner, die ihre Ehefrauen necken wollen; im übrigen liegt er Ihnen zu Füßen, er ist Ihr Gefangener, Ihr Sklave, – und Sie lieben ihn, obwohl das »schrrecklich« peinlich ist, aber Sie lieben ihn, weil es wirklich unmöglich wäre, einen solch netten Menschen nicht zu lieben. Stellen Sie sich vielmehr vor ... Mein Gott, bewahre mich davor, etwas Böses zu wünschen! Aber stellen Sie sich vor (das ist für meine Erzählung unerläßlich), Ihr Gemahl, dieser zärtliche, gutherzige Gemahl, der demütig in Ihrer Loge sitzt und in den Kaufhäusern bezahlt, würde plötzlich verlorengehen, abhandenkommen... nun, irgendwohin verschwinden, verblühen, sich in Luft auflösen... Mein Gott, ist Ihnen nie ein Bändchen, ein Ohrgehänge oder Ring verlorengegangen? Sie haben davon doch die Menge! Und man kann sich nicht von jeder Bagatelle merken, wo man sie hingelegt hat.

Ach! Wenn Sie sich, in der Ihnen angeborenen Gutmütigkeit, einen derartigen Verlust vorstellen, werden Sie Mitleid haben mit der anmutigen Nymphodora Ivanovna, und Nymphodora Ivanovna, ich schwörs bei meiner Ehre, ist Ihres Mitleids würdig. Belieben Sie selbst zu urteilen.

Tochter mittelloser Eltern, erblühte Nymphodora als junges Mädchen wie ein Veilchen, – wenn Ihnen dieser Vergleich noch nicht langweilig geworden ist. Mit ihrer Handarbeit am Fenster sitzend, sah sie jeden Tag einen jungen Mann, der in der zehnten und der vierten Stunde vor dem Essen vorbeikam. Dieses regelmäßige Vorbeikommen, ähnlich dem Ausschlagen des Pendels in der Wanduhr, erheiterte sie über die Maßen; doch bald bemerkte Nymphodora, daß der junge Mann sehr hübsch war und daß er anfing, auch nach dem Essen vorbeizukommen, und sie im Vorbeikommen sehr aufmerksam ansah.

Die Liebe bittet nicht um Erlaubnis zum Einlaß,

wenn sie an die Tür des Herzens klopft wie Ihr Herr Gemahl, der an die Tür Ihres »Allerheiligsten« klopft. Zu Nymphodora kam sie ungebeten, im siebzehnten Lenz ihres Lebens, unangemeldet; sie kam – und setzte sich in ihrer kleinen Seele fest, so als sei sie die Herrin im Hause; sie kehrte alles Unterste zuoberst, brachte alles durcheinander, aber – um die Wahrheit zu sagen – sie verschönerte auch alles auf wunderbare Weise, denn seitdem war für Nymphodora die Sonne heller, der Himmel durchsichtiger, die Luft angenehmer und sogar die Nase ihres Väterchens war nicht mehr so rot. Nur eines wandte sich zum Schlechten: Nymphodoras Garderobe erschien ihr zu ärmlich.

Aber der junge Mann, wie zu sehen sein wird, dachte nicht an Nymphodoras Garderobe. Einige Zeit später gelang es ihm, sich mit ihrem Väterchen bekanntzumachen, er kam zu ihnen ins Haus, saß den ganzen Abend, erörterte mit dem Alten dienstliche Angelegenheiten, lobte alles Vergangene, lehnte die Gegenwart ab, verdrehte Ivan Artamonyč den Kopf und – ließ sich zweieinhalb Monate später mit Nymphodora trauen.

Andere Jungverheiratete haben nur einen Honigmond: sie hatten ihrer zwei, drei, vier, vielleicht auch mehr. Zur festgesetzten Zeit schenkte Nymphodora ihrem Mann einen gesunden Knaben. Alles verlief glücklich, alles versprach ein stilles Leben, bescheiden und sorglos. Der Alte erhielt eine kleine Pension, der Junge hatte ein gutes Gehalt und konnte auf Erfolge hoffen. Was wollte man mehr bei Menschen, die keinen Luxus gewöhnt waren? »Gott sei gedankt!« – pflegte der Alte beim Anblick seiner Kinder zu sagen. »Gott sei gedankt!« – pflegte Nymphodora beim Anblick ihres Vaters, ihres Ehemannes und Sohnes zu sagen. Der Sohn schlief ruhig in der Wiege; der Ehemann pflegte nichts zu sagen.

An einem Dezembermorgen ging er ins Amt und kehrte nicht zurück. Am selben Tage, abends, starb der Alte am Schlagfluß.

Natürlich, gnädiger Herr, wären viele bereit gewesen, Nymphodora zu beschützen, wenn sie ihr Schwanenhälschen, ihr durchsichtiges kleines Gesichtchen, die azurblauen Äugelchen und die reizenden Füßchen gesehen hätten: all dies flößte unwiderstehlich den Drang zum Beschützertum ein. Aber wenn Sie zu sehen belieben, Nymphodora wollte als Beschützer nur ihren Mann oder ihren Vater. Ein seltsamer Wunsch, vielleicht unbegreiflich oder für viele zumindest unangenehm, aber das war nun einmal die Denkungsart der hübschen Nymphodora, und deshalb ergab sie sich, nach dem Dahinscheiden des Vaters und dem Verschwinden ihres Mannes, echter Trauer, weinte tags, weinte nachts, ging selbst, die Ärmste, sich im Departement erkundigen und beschloß am Ende von sich aus, aufs Polizeirevier zu gehen.

Herr du mein Gott! Das Polizeirevier war für sie ein Quell unzähliger Überlegungen gewesen. Wie geht man dorthin? Wie sagt man es? Aber es war nichts zu machen, sie konnte schließlich nicht ihre rothaarige Köchin, eine Finnin, hinschicken! Die würde weiß Gott was für einen Unsinn zusammenplappern. Nymphodora wischte sich vor dem Spiegel die Tränen ab, und – ihr Gespräch mit dem Quartalsaufseher haben wir gehört.

Zwei Tage nach diesem Gespräch kommt zu ihr ein Bevollmächtigter der Polizei, »Gorodovoj« genannt, ein Schutzmann.

– Bemühen Sie sich zum Major.

– Wozu?

– Er haben befohlen, Sie zu bitten.

– Worum geht es?

– Wer kann das wissen. Bemühen Sie sich.

Nymphodora ging mit.

– Sind Sie die Beamtengattin zehnter Klasse Serebrova, deren Mann verschwunden ist? – fragte sie der Major, das heißt der Revieraufseher.

– Ja.

– Belieben Sie dann, hierher zu schauen.

Der Revieraufseher kam hinter dem Gitter hervor, von dem bereits die Rede war, und öffnete die Tür zum Nebenzimmer. Dort auf der Bank lag ein Mann mit zugedecktem Kopf. Er trug Uniform, graue Hosen und einen braunen Rock.

– Ist das nicht Ihr Mann?

Nymphodora hatte eine solche Erscheinung nicht erwartet und um so weniger erwarten können, daß man sie fragen würde, ob das ihr Mann sei: ein liegender Mensch, der nicht sprach, sich nicht regte und dessen Gesicht mit einem Lappen zugedeckt war.

– Sie wollen sein Gesicht sehen? – sagte der Revieraufseher, Nymphodoras Verwirrung bemerkend, – das nutzt nichts.

Nymphodora richtete einen fragenden Blick auf ihn. »Wie kann ich ihn sonst erkennen?« – wollte sie fragen in der Unschuld ihres Herzens. Ihre Hand berührte schon den schmutzigen Leinenlumpen, der den Kopf des liegenden Mannes bedeckte.

– Sie werden nichts sehen, – sagte der Revieraufseher. Und die Gleichmut, mit der er diese Worte sagte, bestürzte Nymphodora.

»Sie werden nichts sehen!« Eine Ehefrau will einen Blick werfen auf das Gesicht des Menschen, den man für ihren Ehemann ausgibt, – und der Polizeibeamte sagt, sie werde nichts sehen!

– Wie, nichts? – Der schmutzige Leinenlumpen bezeichnete durch seine Erhabenheit und Form einen Kopf. Hat er einen Kopf – wohin soll das Gesicht verschwunden sein?

Ich weiß nicht, ob Nymphodora dies alles bedachte, während sie vor der geheimnisvollen Leiche und vor dem geheimnisvollen Polizeiaufseher stand, aber sie zitterte.

– Sie werden nichts sehen, – wiederholte der Revieraufseher.

Nymphodoras Hand, nach dem schmutzigen Lappen ausgestreckt, senkte sich langsam.

– Aber wenn Sie unbedingt wollen...

Mit diesen Worten zog der Polizeiaufseher jäh den Lumpen herunter. Nymphodora sprang zurück.

– Sie dachten, mehr zu sehen? – fragte der Polizeiaufseher, mitleidig lächelnd.

Nymphodora hatte nicht die Kraft zu antworten; ihr zitterten die Knie, die Stimme erstarb ihr in der Brust. Mit einer Hand bedeckte sie die Augen, mit der anderen winkte sie dem Revieraufseher zu, als wolle sie sagen, er möge sie fernhalten von diesem schrecklichen Anblick.

Und wahrlich, der Anblick war schrecklich!

Ich bedaure sehr, daß wir an der Küste eines nebligen Meeres leben, unter weißäugigen Esten und weißhaarigen Lappländern, und nicht im Tropenklima, wo alles glänzt, alles strahlt, alles glitzert in wunderbarer Buntheit und in grellen Farben. Lebten wir, zum Beispiel, auf den Inseln der Antillen, dann würde ich Sie, gnädige Frau, bitten sich vorzustellen, Sie gingen auf Ihrer Plantage spazieren, sähen plötzlich ein paar reizende gelbe und blaue Blumen, die aus dem dichten Gras hervorschauen, Sie blieben stehen, um sie zu pflücken, streckten Ihr weißes, unbehandschuhtes Händchen nach ihnen aus – und? statt der Blumen berührten Sie den Kopf einer toten Schlange, die mit ihrem bunten Schuppenkleid Ihr Auge getäuscht hat. Welch Schrecken, welch Entsetzen! Obwohl die gemusterte Verstorbene Ihnen nicht mehr den geringsten Schaden zufügen kann. – So erschrak auch die nette, aber schüchterne Nymphodora.

Als der Revieraufseher die Bedeckung vom Kopf des Unbekannten wegzog, erblickte Nymphodora einen Kopf, aber dieser Kopf hatte tatsächlich kein Gesicht.

Klumpen geronnenen Bluts, ungeheuerliche Wunden, ein Gemisch aus Schwarz und Rot – das war, was der Verstorbene anstelle eines Gesichts hatte. Kein einziger Gesichtszug, keine einzige Erhebung, keine einzige Vertiefung. Dort, wo einmal die Augen geleuchtet hatten, war in trüben Blasen eine seltsame Flüssigkeit ausgetreten. Die Kiefer waren eingeschlagen, Lippen und Wangen zerfetzt. Es schien, als habe eine grimmige Hand sich einen Scherz erlauben wollen, indem sie diese Formen verstümmelte. Und die Gerechtigkeit mußte ihr lassen: sie hatte ihr Werk mit unnachahmlicher Kunst vollbracht. Wahrscheinlich war der Mörder ein übersättigter Verbrecher oder ein rasender, unersättlicher Rächer, denn es war ihm zu wenig gewesen, dem Mann eine tiefe Wunde in der Kehle zuzufügen und ihn zu töten, er hatte darüber hinaus auf ihn eingestochen, ihn hingemetzelt, gewürgt und dem Getöteten das Gesicht zermalmt.

Nymphodora stand immer noch, die Hand vor Augen.

– Allen Anzeichen nach zu schließen, muß das Ihr Mann sein, sagte unterdessen der Revieraufseher, mit dem Finger auf die goldene Tabatiere klopfend. – Man hat ihn hier in der Nähe gefunden, in einer dumpfen Gasse, und man sieht, der Mord ist schon vor einigen Tagen geschehen, denn die Leiche beginnt schon zu verwesen, – sagte er, Tabak schnupfend. – Ich bitte Sie, baldmöglichst Ihre Aussage zu machen, daß Sie ihn als Ihren Ehemann erkennen, das ist nötig, um Ihre frühere Anzeige niederzuschlagen und den Fall abzuschließen. Unsere Vorschriften sind heutzutage so streng!

– Aber ich kann nicht sagen, daß er wirklich mein Mann ist, – sagte Nymphodora.

– Es gibt genügend Hinweise, gnädige Frau, wir gehen sie sofort durch. Nur seien Sie so gut, beruhigen Sie sich und lassen Sie uns bald zum Abschluß kommen.

Entsetzen und Ekel überwindend, beugte sich Nymphodora über die Leiche und nahm sie bei der Hand, aber die Hände waren ebenso verstümmelt wie das Gesicht.

– Gestatten Sie, – sagte der Revieraufseher, – hier ist etwas, das Ihnen nützen kann. Sehen Sie her.

An der linken Hand war ein glatter goldener Ring, blutverschmiert und unter einer Schwellung halb verschwunden.

– Ich kann nichts erkennen, – sagte Nymphodora, deren Augen unter Tränen verschleiert waren wie unter Marienglas. – Wenn dieser Ring unser Trauring ist, muß innen eine Inschrift eingraviert sein.

– Gut, wir werden uns vergewissern. Sehen Sie sich einstweilen die Kleider an.

Der Revieraufseher begann, an der Leiche Rock, Frack und Weste aufzuknöpfen. Nymphodora erkannte ohne Schwierigkeiten die Kleider ihres Mannes.

– Er ist es! – stieß die arme Frau, das Schluchzen unterdrückend, hervor.

– Eh! Afanasjev! – rief der Revieraufseher unterdessen einem Wachmann zu, der auch sofort erschien.

– Wasch diese Hand und zieh den Ring von ihr ab.

– Er ist nicht abzuziehen, – sagte Nymphodora leise.

– Doch, doch. Afanasjev, zieh ihn ab. Wenn Sie mir bitte folgen wollen.

Sie kehrten in das Zimmer mit dem Gitter zurück, und der Revieraufseher reichte Nymphodora eine Brieftasche.

– Sehen Sie sich auch das hier an, sie steckte in der Seitentasche der Uniform. Sie enthält einige Aufzeichnungen und zwei rote Assignaten.

Nymphodora nahm sie entgegen. Es war eben jene Brieftasche, die sie bestickt und ihrem Ehemann geschenkt hatte, als er noch ihr Bräutigam war. Oh, wieviele Erinnerungen erwachten in ihrer Vorstellung! Die schönsten Tage ihres vergangenen Lebens, Tage der Liebe und der süßen Erwartungen, Tage rätselhafter Hoffnungen und sorgenvoller Gedanken an das künftige Glück waren über Nymphodoras Kopf dahingeflogen, während sie mit der Arbeit an dieser Brieftasche beschäftigt war. Und alle diese Tage traten jetzt hinter den Bildern hervor, die das spätere Leben in ihrem Gedächtnis hinterlassen hatte. Sie erstrahlten in ihren Augen in freudigen Farben, erschütterten ihr Ohr mit einer bekannten, anziehenden Melodie. Nymphodoras Brust wogte, es überlief ihren ganzen Körper wie ein elektrischer Funke, das Gesicht loderte, der Mund drückte zugleich ein Lächeln und Kummer aus, der Atem wurde schwer. Sie konnte sich nicht trennen von der Brieftasche und drehte sie von einer Seite auf die andere. Sie vergaß sich selbst, vergaß den Ort, an dem sie sich befand, die Gegenstände, die sie umgaben. Die Stimme des Revieraufsehers holte sie aus diesem Vergessen zurück. Nymphodora fuhr zusammen wie bei einem Kanonenschuß.

– Haben Sie sich endlich vergewissert, daß der Getötete Ihr Mann ist? – sagte der Revieraufseher, – um jeden Zweifel auszuschließen, betrachten Sie diesen Ring.

Nymphodora las die Inschrift auf der Innenseite des Ringes und vergoß bittere Tränen.

Nun gut, der Fall ist abgeschlossen! Nymphodora ist – Witwe!

Meine Cousine dritten Grades, deren Mann die vierten drei Jahre als Adelsmarschall dient, würde weiß Gott was geben für das Schicksal Nymphodoras. Meine Cousine ist aber nicht Nymphodora – sie heißt Katerina Ignatjevna. Sie fürchtet, ihr Mann könnte vom dreijährigen Adelsmarschall zum ewigen werden. Wenn sich das Leben Pavel Lukjanyčs als so unerschöpflich erweisen sollte wie die Verehrung des von ihm geführten Adels, dann würde meine Cousine, die Adelsmarschallin, platzen vor Ärger. Was bringt diese

Verehrung schon für Nutzen! Natürlich ist es angenehm, nebenbei Geschenke von den verarmten Gutsbesitzer zu erhalten, aber Pavel Lukjanyč, vom ganzen Kreis verehrt, hat eine Glatze und Büschel grauer Borsten auf dem Kopf, der Gutsbesitzer Leonovskij dagegen, verabschiedeter Stabsrittmeister der Husaren, obwohl im Kreis von niemandem verehrt, hat einen Kopf voll dichter schwarzer Locken und Falkenaugen, die Katerina Ignatjevna ansehen, als wollten sie sie verbrennen, und dann noch der Schnurrbart… ach, der Schnurrbart! an ihn kann Katerina Ignatjevna nicht ohne Herzklopfen denken.

Nymphodora im Gegenteil trauerte. Nymphodora grämte sich und weinte, weinte untröstlich, tags und nachts, ohne Ruhe zu kennen.

Die Augen nicht geschlossen,
Von Tränen überströmt, –

würde der verstorbene Delvig sagen. Aber weshalb grämte sie sich? Deshalb, weil sie keinen Stabsrittmeister kannte? oder deshalb, weil sie ihren Mann tatsächlich geliebt hatte?

Soll ich Ihnen den Grund ihres Kummers sagen? Sie werden lachen; werden meine Nymphodora eine dumme Gans nennen.

Nicht nötig! Ich übergebe Ihnen meine liebe Nymphodora. Lachen Sie über sie, schimpfen Sie auf sie: sie liebte ihren Mann tatsächlich.

Und das ist nicht verwunderlich. Erzogen in der Stille, fern der philosophischen Verkommenheit der Welt, unter dem warmen Dach der väterlichen Frömmigkeit, hegte Nymphodora in ihrer Seele alle die altmodischen Ansichten, die unsern heutigen Klugschwätzern als Aberglauben erscheinen. Zum Beispiel hielt sie ihre jungfräuliche Unschuld für ein Heiligtum, für ihre Pflicht die Verehrung und Dankbarkeit ihrem Vater gegenüber, für ihre Schuldigkeit die Treue gegen ihren Mann. Was macht man mit so einer dummen Gans?

Aber bei Gott, ich bin daran nicht schuld. Ich versichere Sie bei meinem Ehrenwort, alle diese Scherze hat der alte Knabe ausgeheckt, Nymphodoras Vater. Ich habe mich nirgends eingemischt. Es ärgert mich heute selbst – seit Nymphodora Witwe ist, – es ärgert mich selbst, daß sie ständig weint und sich grämt nach ihrem Mann. Aber was will man machen! Ich denke, man muß abwarten, Geduld haben, vielleicht tröstet sie sich ja. Ziehen Sie in Betracht, daß Nymphodora in ihren Mann verliebt war und mit ihm nicht einmal ein Jahr zusammengelebt hatte. Ziehen Sie diese beiden Umstände in Betracht, und »infolge jener« werden Sie mir und Nymphodora verzeihen. Vielleicht wissen Sie ja selbst, wie schmerzlich es ist, einen geliebten Menschen zu verlieren. Ach! das ist schrecklich! Kaum hat man sich verliebt, kaum die Seligkeit gegenseitiger Liebe gekostet, – und plötzlich verliert man ihn, den man liebt! Sich verlieben, um zu verlieren! kosten, um es auf ewig zu entbehren.

Oh! das aber ist ein Stoff, über den länger zu sprechen ich nicht die Kraft habe. Von ihm ist in allen Romanen die Rede. Lesen Sie dort weiter, und gestatten Sie mir, in meiner Erzählung fortzufahren.

Der Winter runzelte zornig die Stirn unter der weißen Decke. Nymphodora zog ein schwarzes Kleid an und schaute durch die zugefrorenen Scheiben auf die weiße Decke des Winters. Vor ihrem Fenster standen zwei Birken und ein Akazienstrauch. Der Winter hatte sie entblößt. Die Armen – mal bogen sie sich wie Waisen unter der Wucht des grausigen Schneesturms, mal standen sie reglos mit ihren nackten Ästen, wie Skelette. Alles hatte sich vereinigt, um Nymphodoras Seele mit Trübsinn zu erfüllen, alles war ein Zerreißen ihrer Brust. Sie ließ all ihre Beschäftigungen und häuslichen Verrichtungen liegen, dachte nicht an den Haushalt, ließ ihre Köchin machen, was sie wollte, und verbrachte ganze Tage und Abende in Tränen über der Wiege des Kindes, das – eine Blüte, noch nicht erfaßt vom Pesthauch des Lebens – lächelte, wenn es ihre Tränen sah.

Früher, morgens erwacht, weckte Nymphodora ihren Mann mit einem Kuß und bereitete ihm das Frühstück; dann ließ sie ihn vom Hof gehen, jeden Tag mit der Bitte, er möge so bald wie möglich zurückkehren; dann unternahm sie verschiedene kleine häusliche Besorgungen, und schließlich, wenn alles in Ordnung gebracht war, setzte sie sich ans Fenster und wartete auf die Rückkehr des geliebten Freundes. Und er kehrte zurück – heiter, liebenswürdig, immer gleichermaßen liebevoll, immer gleichermaßen zärtlich. Nymphodora fiel ihm um den Hals, als hätte sie ihn mehrere Jahre nicht gesehen. Dann setzten sich alle zu Tisch. Wie heiter waren diese Mahlzeiten im Kreise der kleinen Familie! Mit welcher Sorgfalt war Nymphodora darum bemüht, ihren Mann und ihren Vater zufriedenzustellen! Mit welchem Vergnügen nahm sie deren Lob auf! Und mit welchem Stolz blickte sie drein, wenn sie sah, daß sie zufrieden waren! An den Abenden verbrachten sie alle die Zeit gemeinsam. Weder der Vater noch der Mann waren offenbar Liebhaber des zerstreuten Lebens. Der Alte macht es sich meist mit der Pfeife bequem, Nymphodora stickte oder strickte, ihr Mann las etwas vor. All das waren natürlich gewöhnliche Dinge, Dinge, von denen zu erzählen nicht der Mühe lohnt, aber Nymphodora war glücklich über dieses Leben, glücklich in einem Maße, daß sie nicht wußte, wie sie Gott danken sollte.

Jetzt dagegen!..

Der Winter wütete auf der Straße; in den Zimmern war es finster, leer und traurig. Und traurig war es auch in Nymphodoras Seele, traurig bis zum Schmerz. Sie hatte ein Unglück ereilt, das nicht jedem widerfährt. Ein anderer, der einen geliebten Menschen verliert, hat noch den kummervollen Trost, sich der Vergangenheit erinnern und sich den Verstorbenen sanft im Grabe schlummernd vorstellen zu können, auf einem weichen, weißen Kissen, in festlichen Kleidern, mit einem Kranz auf der bleichen Stirn, Nymphodora aber hatte die Leiche ihres Mannes gesehen – blutüberströmt, verstümmelt, und diese entsetzliche Leiche verstellte in ihrem Gedächtnis alle angenehmen Bilder ihres vergangenen Lebens. Sie erschauderte bei der Erinnerung an den schrecklichen und ekelhaften Anblick, sie versuchte angestrengt, ihn von sich fernzuhalten. Ihr war es unmöglich, ohne Entsetzen zu trauern. Ein zwiefaches Unglück!

Unterdessen kam die Christwoche – die Zeit der Wunder, des Zaubers und der Herrschaft des bösen

Geistes. Nymphodora war dem Aberglauben nicht fremd. Schlägt ein Fensterladen, quietscht eine Tür, pfeift der zornige Wind im Schlüsselloch, schon scheint es Nymphodora, da komme der Tote mit dem Kopf ohne Gesicht. Ihr Herz erstirbt, der Körper zittert. In den langen Winternächten flieht sie der Schlaf, oder er kommt mit entsetzlichen Traumgesichten. Ihr erscheint der Tote, immer derselbe, er nähert sich dem einsamen Bett, sein blutüberströmter Kopf beugt sich über Nymphodoras Gesicht, die zertrümmerten Hände umarmen sie, und eine quietschende, abgehackte Stimme sagt: »Nymphodora, ich bin dein Mann.« Die Ärmste fühlt die Kälte des Todes, fühlt die Hitze vergossenen Bluts. Sie hat Angst, Angst! Wohin soll sie fliehen? wo sich verstecken vor dem Unheuer?

Das war nun Nymphodoras Leben nach dem Glück, das sie genossen hatte.

Aber der Winter ist nicht unendlich; nicht unendlich ist auch der Kummer einer Frau.

> Es weint die Frau wie Tau, der fällt:
> Die Sonn' geht auf und trocknet ihn.

Die Frühlingssonne ging auf und taute den Schneeharnisch der Erde in unserem mürrischen Norden. Die Wasser plätscherten in Petersburgs Kanälen, der Himmel breitete sich aus wie ein blaues Tischtuch, die Luft wurde milder.

Auch Nymphodora begann, mit der Natur aufzuleben: auch in ihrer Seele bewies der wohltätige Frühling seine wunderbare Kraft, indem er die finsteren Gedanken aus ihr vertrieb.

An ihrer Statt flößte er Nymphodora das Bedürfnis zu lieben ein.

Wer hätte nicht bemerkt, daß wir unter den Strahlen der Frühlingssonne lebhafter lieben als in anderen Jahreszeiten? Nenne man die Liebe getrost das himmlische, das Göttliche Feuer. Es ist unmöglich, nicht zuzugeben, daß sie auf den Menschen auch von der sittlichen, immateriellen Seite einwirkt. Die reine Flamme des Jünglings, sie trägt ihn über die irdische Natur hinaus, weitet seine Seele, flößt ihm edle Regungen ein, große Unternehmungen, erhabene Lieder. Aber lieben Sie mal, bitte ergebenst, wenn es draußen kalt ist! Im Gegensatz dazu, im Frühling – die Sonne strahlt, das Grün entfaltet sich, die Luft atmet Aroma, die Vögel fliegen in Paaren, ihre Stimme erklingt zu Häupten des Menschen, und der Mensch, organisches Geschöpf, ein Lebewesen, geschaffen aus Erde, der gemeinsamen Mutter all dessen, was auf ihr existiert, der Mensch fühlt ihre Wiedergeburt, wird selbst wiedergeboren, beginnt sich Liebesträumereien hinzugeben.

Wenn wir über all das gut nachdenken, dann erscheint es uns nicht seltsam, daß einige Weise behaupteten, die Kraft, die die Natur wiederaufleben läßt, sei die Liebe; wir begreifen dann die Worte: »Gott ist die reinste Liebe.«

Also, Nymphodora fühlte die Notwendigkeit der Liebe, und während sie die Notwendigkeit der Liebe fühlte, erinnerte sie sich, schon ohne Entsetzen, der Tage, die verschönert waren durch die Liebe ihres Mannes.

Eines klaren Frühlingstages, gegen Mittag, ging sie den Nevskij Prospekt entlang, der von Spaziergängern wimmelte. An der Auffahrt zur Kazanschen Brücke mußte sie stehenbleiben, weil ihr einige Equipagen den Weg verstellten. Unter ihnen erregte eine Kalesche Nymphodoras Aufmerksamkeit durch ihre stutzerhafte und schöne Verzierung. In der Kalesche wiegte sich auf güldenen Kissen ein junger Mensch. Nymphodora hob den Kopf ... es ist ihr Mann!

Bis heute haben Verfasser von Romanen und Novellen, um die Erschütterung auszudrücken, die irgendeine Überraschung im Menschen auslöst, ihre Zuflucht bei Blitz, Donner, elektrischen Funken und Kanonenschüssen genommen. Ich bevollmächtige Sie, jeden beliebigen dieser Vergleiche zu wählen, denn ich möchte für die Lage Nymphodoras keinen neuen suchen. Ich sage nur, um die Heiligkeit der Wahrheit zu beobachten, daß ihr grün wurde vor Augen, daß es in ihrem Kopf anfing zu kreisen und daß sich die ganze Straße, mit Häusern und Menschen, um sie zu drehen schien wie um ein Zentrum. Auf nichts konnte sie die Augen ruhen lassen, alles lief unter ihrem untreuen Blick davon. Schließlich, als Nymphodoras Gefühle und Gedanken wieder in eine gewisse Ordnung gekommen waren, eilte sie, den Blick auf die Verfolgung der schicksalhaften Kalesche zu schicken, aber sie war nicht mehr da. Andere Equipagen flogen donnernd hierhin und dorthin, Spaziergänger in Mengen überholten einander, die Sprachen Russisch, Französisch und Deutsch erklangen in Nymphodoras Ohren; aber Nymphodora sah und hörte nichts Bekanntes darin. Sie ging ihres Weges.

Lange war ihre Vorstellung bestürzt über die wundersame Begegnung. Da sie nichts von den ersten, auf sie folgenden Minuten im Gedächtnis hatte zurückhalten können, stellte sie sich um so lebhafter den Augenblick der Begegnung selbst vor. Sie erinnerte sich, wie die wohlgenährten und schönen Pferde ihr den Weg verstellt hatten, wie sich hinter den Rossen die Räder

der Equipage gedreht hatten, wie sie, stehengeblieben, den Kopf hob, wie ihr Blick auf das Profil des jungen Mannes fiel und wie dieser in diesem Moment ihr Herz zusammenfahren ließ und der Unbekannte – sich gleichgültig abwandte. War es denn nicht er?.. War es nicht er?.. Es waren seine Züge; Nymphodora war bereit, es vor Gott zu beschwören, aber diese Gleichgültigkeit, dieser Blick, wie er nur Unbekannten eignet ... Nein! Nymphodoras Mann war anders. Wahrscheinlich hatte sie sich getäuscht, von einer Ähnlichkeit getrogen. Und war es eine Ähnlichkeit? Vielleicht war der Unbekannte ihrem Mann ganz und gar nicht ähnlich. Sie ging, gedankenverloren, erinnerte sich des verstorbenen Freundes, stellte ihn sich so vor, wie er in den ersten Tagen ihrer Liebe gewesen war. Plötzlich kommt eine Kalesche, in der Kalesche ein junger Mann. Sie schaut hin – und ihr scheint, es sei ihr wiederauferstandener Freund. Was Wunder? Ihre Vorstellung war bereit für solch eine Begegnung. Alle Augenblicke konnte sie jeden für ihren Mann halten, wer da auch käme. Bedenken Sie die Umstände: Sie werden sehen, alles war nur zu natürlich.

Darüber hinaus: hatte Nymphodora ihren Mann nicht als Toten gesehen? Zwar hatte sie sein Gesicht nicht sehen können, nicht einmal seine Hände. Aber Wuchs, Haarfarbe, die Kleider, die Brieftasche und schließlich der Ring – ihr Trauring – war das noch zu wenig? Konnte sie noch zweifeln?

Nein! Nymphodora hatte sich getäuscht, getäuscht, hingerissen von einer Ähnlichkeit oder der eigenen Vorstellung. Wieviele ähnlicher Beispiele kennen wir doch! Der Liebhaber, der am verabredeten Ort auf das Stelldichein wartet, denkt in jeder Frau seine Geliebte zu sehen; der Verbrecher, der in der Stille der Nacht nicht schläft, hört Beerdigungsgesang. Das ist zu alt. Ich halte es nicht für notwendig, mich über einen so bekannten Gegenstand zu verbreiten, und erzähle lieber, nicht auf Genauigkeit aus, eine Anekdote, die hinlänglich belegt, bis in welche Extreme einen Menschen die Kraft seiner Gedanken hineinziehen kann - eine Kraft, die sich manchmal auf uns herabsenkt wie Nebel und die uns unter ihrer wundersamen Herrschaft hält wie der Hausgeist.

Es war einmal der spanische König Philipp III. Der war einst in seinem Kabinett beschäftigt. Es war die kalte Jahreszeit. Um den königlichen Körper zu wärmen, hatte man neben ihm ein Becken mit glühenden Kohlen aufgestellt. Eine Zeit später brannte sich die Hitze dieser Kohlen so in das Gesicht des Königs, daß ihm der Schweiß in Bächen lief, doch der schüchterne und gutmütige Philipp beschwerte sich nicht. Einer der Höflinge, der Marquis Pobar, bemerkte die unglückliche Lage Philipps, wagte aber nicht, das Becken wegzurücken, denn das überschritt die Grenzen seines Amtes und hätte einen Bruch der strengen spanischen Etikette bedeutet. Er stürzte davon, auf der Suche nach Herzog Alba, doch Alba antwortete, auch er habe nicht das Recht, das Kabinett des Königs zu betreten, man müsse es dem Herzog Uzeda sagen. Uzeda war zu dieser Zeit leider in seinem Haus vor der Stadt. Man begann zu streiten und zu überlegen. Unterdessen briet der König und briet; und als man Uzeda schließlich gerufen hatte und der zum König stürzte, war der arme Philipp, in seine Überlegungen und Staatsgeschäfte vertieft, bei lebendigem Leibe gebraten: er bekam eine böse Entzündung, an der er auch starb.

Vielleicht erscheint Ihnen diese Anekdote unsinnig, aber ich habe sie Gedrucktem entnommen, und Gedrucktem soll man glauben. Auf jeden Fall hoffe ich, daß Ihnen keine ähnliche »occasion« widerfährt bei der Lektüre dieser Anekdote und aller meine Werke.

Setzen wir jetzt das Rad unserer Erzählung wieder auf das Geleise, aus dem sie gesprungen ist dank der Ungeschicklichkeit des Wagenführers und der wahnwitzigen Schnelligkeit der erst vor kurzem angespannten Pferde.

Nach langen und wirren Überlegungen begann sich Nymphodora zu beruhigen. Die wundersame Begegnung an der Kazanschen Brücke besorgte ihre Vorstellung nicht länger und schien ihr fern, als seis ein Traum gewesen. Nymphodora begann in der Tat manchmal zu denken, ob sie dieses Abenteuer nicht im Traum gesehen habe. Ihre Gedanken klärten sich schrittweise, kamen in Ordnung und beruhigten sich schließlich ganz. So wogt die erregte Oberfläche eines Teichs zunächst heftig, doch dann allmählich nehmen die Wellen ab und legen sich; die Teichoberfläche glättet sich, leuchtet und wirft, wie in einem Spiegel, das grüne Ufer mit seinem gelockten Wäldchen zurück.

Das Häuschen, in dem Nymphodora lebte, war aus Holz und hinfällig. Deshalb ist es ganz und gar nicht verwunderlich, daß es aus Unvorsichtigkeit der Besitzer in einer warmen Sommernacht in Flammen aufging, als Nymphodora ruhte, ausgestreckt auf ihrem Daunenbett und träumend, ich weiß nicht wovon, denn junge Witwen haben manchmal seltsame Träume.

Alles sprang auf, lief durcheinander und lärmte. Der Wachmann in seinem Schilderhäuschen an der Feuerwache gab Zeichen: augenblicklich waren die feurigen Rosse angespannt, die Feuerwehr raste donnernd über das Pflaster. Aber vergeblich: das Feuer hatte Nahrung gefunden, und die morsche Behausung Nymphodoras erlitt das beklagenswerte Schicksal König Phil... Mein Gott! schon wieder fange ich von diesem König an, und er, der mächtige Herrscher, hat mich schon einmal vom geraden Wege abgebracht.

Nymphodoras Behausung wurde Beute der Flamme. Gelaufe und Geschrei hielten unterdessen an. Jeder versuchte zu retten, was ihm am teuersten schien: er ließ die Schatulle mit dem Geld stehen und schleppte einen zerbrochenen Stuhl; er vergaß die wichtigen Papiere und eilte, einen Topf Geranien hinauszutragen. Nymphodora war vernünftiger als viele, denn sie war Mutter. Geweckt von Gehämmer und Wehgeschrei, sprang sie aus dem Bett, sah Rauch und Feuer und stürzte geradewegs zur Wiege ihres Sohnes – ihrer ersten Kostbarkeit. Aber in diesem Augenblick brach die Flamme zur eingestürzten Tür herein. Nymphodora stürzte ans Fenster – auch hier war die Flamme. Wo war Rettung?

Seien Sie unbesorgt, meine Damen. Ich habe meine Geschichte erst zur Hälfte erzählt, die andere Hälfte traktiert natürlich keine lebendigen Leibes verbrannte Nymphodora. Ich gebe Ihnen mein Ehrenwort, daß meine Nymphodora nicht verbrennen wird, ehe die Geschichte zu Ende ist. Das weinende Kind an die Brust gedrückt, stand die unglückliche Mutter inmitten der vom Feuer erfaßten Wände und wußte nicht, was sie machen sollte. Ihr Herz erstarb, ihr Verstand verwirrte sich, Kräfte und Mut versiegten. Bleich wie ein Leintuch, im weißen Nachthemd, das in dichten Falten von den halbentblößten Schultern gerutscht war und das blendende Weiß der nackten Füße nicht bedeckte, wirkte sie wie das Alabasterstandbild einer mythischen Gottheit, aufgestellt in einem hellerleuchteten Tempel. Das rötliche Licht der Flamme, das von allen Seiten einfiel, spiegelte sich rosig auf dieser weißen Gestalt und machte sie gleichsam durchsichtig. Unterdessen drangen von der Straße und vom Hof Entsetzensschreie. Das Feuer kroch in Schlangen durch die Ritzen und Verfestigungen des trockenen Bauwerks, Nymphodoras Zimmer füllte sich mit stikkigem Rauch, die Decke knackte… Nymphodora stand die ganze Zeit reglos und sagte nur manchmal halblaut: »Hilfe!«

Plötzlich erschien mitten in der Tür, zu der, wie aus dem Tor der Hölle, das Feuer in Schwaden hinausflog, etwas Menschenähnliches. »Hilfe, Hilfe!« – rief Nymphdora, die Reste ihrer Kräfte zusammenraffend. Zwei Wasserstrahlen klatschten zur Tür herein; Qualm erhob sich über den zischenden und geschwärzten Skeletten; etwas Riesenhaftes krachte ins Zimmer, etwas Feuchtes fiel auf Nymphodora, sie ächzte – und einige Sekunden später wurde sie, ohnmächtig, von einem jungen Mann aus dem Feuer getragen, ihrem Nachbarn, der seit langem schon das schöne Gesichtchen der jungen Witwe zu betrachten pflegte und der ihr gerade noch rechtzeitig zu Hilfe geeilt war – ein Ritter ohne Furcht und Tadel.

Als Nymphodora zur Besinnung kam und die Augen aufschlug, sah sie sich auf einem Bett, in einem Zimmer, das sehr schlicht, aber sehr adrett und ohne Anzeichen von Armut eingerichtet war. Ihr Sohn lag und schlief. Die Tür war verschlossen, die Gardine heruntergelassen. »Wo bin ich?« – dachte Nymphodora. Ihre Augen schweiften durchs Zimmer: alles war ihr unbekannt. »Wo bin ich?« sagte sie leise und setzte sich auf, die weiche und warme Decke beiseitewerfend, mit der sie zugedeckt gewesen war. Ihre Bewegung ließ das Bett quietschen, während jenseits der Tür ein Rascheln zu hören war. Nymphodora horchte, aber das Rascheln verstummte. Sie wollte aufstehen, das Bett quietschte erneut. »Sie ruhen nicht?« – fragte eine angenehme Stimme hinter der Tür.

Nymphodora wußte nicht, an wen diese Frage gerichtet war, und schwieg. Hinter der Tür verstummte man ebenfalls. Aber kaum gestattete sie sich die kleinste Bewegung, fing das Bett erneut an zu quietschen, und hinter der Tür war erneutes Rascheln zu hören. Dieselbe angenehme Stimme fragte schließlich:

– Nymphodora Ivanovna, sind Sie nicht krank? Brauchen Sie nicht Hilfe? Um Gottes willen, sagen Sie es, berauben Sie mich nicht des Vergnügens, zu vollenden, was ich begonnen habe.

Nymphodora war befremdet. Diese Stimme war ihr ebenso unbekannt wie alles, das sie umgab.

– Wer sind Sie? – fragte sie schließlich ängstlich.

– Oh! Was tut es zur Sache, wer ich bin! – antwortete man hinter der Tür. – Sagen Sie zuerst, ob Sie nicht krank sind, ob Sie nicht Hilfe brauchen. Ich bin verzweifelt.

– Aber warum kommen Sie nicht herein? – sagte Nymphodora.

– Ach! – antwortete die geheimnisvolle Stimme, – ich wage es nicht.

– Sie wagen es nicht? Bitte kommen Sie herein.

– Aber mir scheint, Sie sitzen auf dem Bett und sind nicht zugedeckt.

– Ja und?

– Nymphodora Ivanovna, ich... – Und die Stimme verstummte.

– Seien Sie so gütig, kommen Sie herein, – wiederholte Nymphodora, – ich lege mich hin und decke mich zu, wenn es Ihnen so beliebt. Aber ich möchte für mein Leben gern diejenige sehen, der ich nach meinem Unglück Zuflucht verdanke.

– Ich bin nicht diejenige, Nymphodora Ivanovna, sondern derjenige.

– Wie bitte?

– Ach! Sie werden mir zürnen.

– Weshalb?

– Ich... bin ein Mann.

Nymphodora schrie auf und warf sich, die Decke über den Kopf gezogen, aufs Bett.

– Sehen Sie! – sagte die Stimme lauter als zuvor, so daß Nymphodora gar nicht anders konnte, als die Stimme eines Mannes zu erkennen. – Ich habe vorausgesehen, daß Sie mir zürnen würden. Erzürnen Sie bitte nicht, Nymphodora Ivanovna, ich bin wirklich an nichts schuld.

Nymphodora sagte kein Wort und blieb unter der Decke liegen, einige Augenblicke später jedoch, da sie den Unbekannten nicht mehr hörte und unterdessen sah, daß sie nicht alles so auf sich beruhen lassen konnte, hielt sie es für notwendig, in Verhandlungen einzutreten.

– Sind Sie noch da? – fragte sie, ohne ihren Kopf zu befreien.

– Ja, – antwortete der Unbekannte.

– Kommen Sie nicht herein... bleiben Sie dort... sitzen.

– Ich sitze, – sagte man hinter der Tür.

Nymphodora steckte den Kopf hervor, hüllte sich die Decke um den Hals und fragte:

– Wer sind Sie? Sagen Sie mir, wo ich bin und wie ich hierhergekommen bin? Ich weiß von nichts.

– Kein Wunder: Sie waren ohnmächtig.

– Ich war furchtbar erschrocken.

– Und jetzt?

– Jetzt geht es, Gott sei gedankt.

– Seien Sie so gütig, verschweigen Sie nicht, wenn Sie irgendwelche Hilfe brauchen. Ich bin zu allem bereit.

– Bleiben Sie sitzen, bleiben Sie sitzen! – unterbrach Nymphodora, der es schien, als wolle der Unbekannte schon zu ihr hereinkommen.

– Gut, – antwortete der Unbekannte, – ich werde still hier sitzenbleiben. Was sind Sie schreckhaft.

– Mir scheint, ich habe Grund dazu, wenn ich mich an einem unbekannten Ort mit einem unbekannten Menschen sehe, denn wenn…

Nymphodora sprach nicht zu Ende.

– Sie kränken mich, Nymphodora Ivanovna.

Danach schwiegen beide lange.

– Ich war nämlich schon in Ihrem Zimmer, – sagte schließlich der Unbekannte.

– Wie! Sie besaßen die Frechheit? – schrie Nymphodora auf.

– Zürnen Sie nicht, Nymphodora Ivanovna.

– O mein Gott! Ist das die Möglichkeit!

– Aber anders war es unmöglich.

– Schämen Sie sich, mein Herr! Ein Mann von Ehre würde es nie wagen, eine Unglückliche zu kränken.

– Ich bitte Sie, mich anzuhören.

– Gehen Sie! Ich will nichts hören!

Nymphodora hüllte sich wieder in die Decke. Unterdessen sprach der Unbekannte:

– Ich schlief in aller Ruhe in meinem Bett, in dem, in dem Sie jetzt zu liegen belieben. Plötzlich höre ich auf der Straße Lärm. Ich springe auf, schaue hin ... ein Feuer! Ich zog mich in aller Eile an und lief hinaus. Die Flamme hatte Ihr Haus erfaßt. Alle laufen erschreckt und ungeordnet durcheinander. Ich frage nach Ihnen: niemand weiß etwas. Was soll ich machen? Ich stürze zur Tür Ihrer Wohnung – sie steht in Flammen. Aber was machte das schon! Sie waren in Gefahr: durfte ich zögern?

Nymphodora begann im Verlauf dieser Erzählung ein wenig den Kopf unter der Decke hervorzustecken und unterbrach den Unbekannten bei dem Wort »zögern« mit der Frage:

– Was fiel Ihnen ein, sich so um mich zu sorgen?

– Ach, Nymphodora Ivanovna, ich wäre gestorben, wenn ich Sie nicht gerettet hätte.

– Aber wer sind Sie?

– Ihr Nachbar, Astrov.

– Ich kenne Sie nicht.

– Aber ich kenne Sie, seit langem.

– Seit langem?

– Ja, Nymphodora Ivanovna, ich kannte Sie noch als junges Mädchen, kannte Sie verheiratet und kenne Sie schließlich als Witwe.

– Aus welchem Anlaß?

– Ich habe Sie an den verschiedensten Orten gesehen. Sie haben mich nicht bemerkt … weil ich nie die Kühnheit besaß, mich Ihnen bemerkbar zu machen, aber Sie … ach! Sie sind mir seit langem bekannt, und als Sie Witwe wurden, habe ich …

– Und das Feuer? – sagte Nymphodora.

– Erzählen Sie.

– Ich habe alles erzählt. Der Rest ist für mich wichtiger als für Sie. Ach, war ich glücklich! Nie, nie werde ich diese seligen Minuten vergessen!

– Welche?

– Die, als ich Sie in meinen Armen aus den Flammen trug. Oh, Nymphodora Ivanovna, wie war ich selig!

Nymphodora wollte böse werden, konnte es aber nicht. Ihr Schamgefühl verlangte Streit, ihre Dankbarkeit – Zartheit. Nach einigen Minuten, die sie Opfer dieser schwierigen Lage war, entschloß sie sich, besser liebevoll als böse zu sein.

– Also verdanke ich Ihnen die Rettung meines Lebens und dessen meines Sohnes?

– Sprechen Sie nicht davon, Nymphodora Ivanovna. Vielmehr verdanke ich Ihnen die Seligkeit, die ich empfand, als ich Sie in meinen Armen hielt und Ihnen die ersten Hilfeleistungen erweisen konnte, hier in diesem Zimmer.

– Hören Sie auf! – sagte Nymphodora zornig.

– Ist es Ihnen etwa unangenehm, daß ich Sie gerettet habe?

– Nein, – antwortete Nymphodora mit einer Stimme, die zeigte, daß ihr Zorn sich legte, – nein, das will ich nicht sagen; im Gegenteil, ich danke Ihnen. Aber sagen Sie mir bitte, wozu sitzen Sie hier vor meiner Tür und schicken mir nicht eine Frau?

– Ich bin Junggeselle; ich habe keine Frau. Ich hatte jemanden gebeten, aber jetzt denkt jeder an sich selbst. Das Feuer wütet weiter.

– Wirklich?

– Noch heftiger als zuvor. Das Feuer hat zwei weitere Häuser erfaßt. Bei uns auf dem Hof stehen Feuerspritzen, und alle Bewohner tragen ihre Habseligkeiten hinaus. Nur ich werde nichts retten.

– Und warum nicht?

– Weil ich nicht zu Ihnen hereinkommen darf und alles, was der Rettung wert wäre, dort ist, wo Sie sind.

– Ach, mein Gott! Was ist da zu machen? Ich will nicht der Grund Ihres Unglückes sein. So schrecklich zu bezahlen für das, was Sie für mich getan haben!

– Ich wurde dafür belohnt, wie ich Ihnen sagte.

Nymphodora errötete.

– Bleiben Sie ruhig. Wenn das Feuer tatsächlich auch auf dieses Haus übergreift, trage ich Sie wieder in meinen Armen hinaus.

– Nein! nein! Um Gottes willen, schicken Sie mir irgendeine Frau mit einem Kleid. Ich ziehe mich an und gehe.

– Ich habe kein Kleid, Nymphodora Ivanovna.

– Wieso nicht? Ist denn alles …

– Ihr Haus ist abgebrannt bis auf die Mauern. Ob etwas von Ihren Habseligkeiten gerettet worden ist, weiß man noch nicht. Ich habe meinen Diener ausgeschickt, Ihre Köchin zu suchen, aber man hat sie nirgends gefunden. Gott weiß, was ihr geschehen ist. Jetzt sucht man nach Ihren Kleidern in dem Haufen, der aus dem Haus geworfen worden ist.

– Mein Gott! mein Gott!

Einige Minuten später sagte Nymphodoras Retter durch die Tür, sein Diener sei mit leeren Händen zurückgekehrt: alle ihre Habseligkeiten seien verbrannt.

– Herrgott! Was soll ich jetzt machen? – schrie Nymphodora verzweifelt auf.

– Ich weiß es nicht, – sagte Astrov.

– Helfen Sie mir um Gottes willen.

Astrov, der dachte, Nymphodora bräuchte seine persönliche Hilfe, wollte die Tür öffnen.

– Nein, nicht! Was machen Sie da! – schrie Nymphodora auf. – Bleiben Sie, wo Sie sind, kommen Sie nicht herein.

– Was wünschen Sie also?

– Wie, was ich wünsche! Sehen Sie das denn nicht?

– Nichts sehe ich. Das Schlüsselloch ist so klein, daß ich kaum Ihr Gesicht sehen kann.

– Oh! Sie schrecklicher Mensch! Sie spotten über meine Lage. Das hätte ich nicht erwartet.

– Aber wofür sind Sie mir denn böse, Nymphodora Ivanovna? Ich dachte, wenn die Flamme Sie erreicht, brennt im Handumdrehen das Haus ab.

– Was wird nur aus mir und meinem Sohn! Hören Sie: seien Sie so gut und finden Sie irgendein Kleid für mich. Ich bitte Sie, ich flehe Sie an!

– Ich habe schon zu einer Bekannten geschickt, die nicht weit von hier wohnt.

Noch einige Minuten vergingen, und Astrov sagte Nymphodora, das Kleid sei bereit.

– Ach, wieviel ich Ihnen verdanke!

– Befehlen Sie es zu bringen?

– Seien Sie so gut.

Astrov öffnete die Tür. Nymphodora saß auf dem Bett in der Erwartung, eine Frau zu sehen.

– Sie sind es selbst! – schrie sie auf, als sie statt dessen Astrov sah.

– Das Kleid hat mein Diener gebracht, – antwortete er, verwirrt auf der Schwelle stehenbleibend.

– Gehen Sie, gehen Sie! Warum sind Sie hereingekommen?

– Und das Kleid, Nymphodora Ivanovna?

– Das Kleid, das Kleid. Legen Sie es hin … und gehen Sie.

Astrov gehorchte, und alle Erregung von Nymphodoras Schamgefühl hatte ein Ende. Sie war gerettet und gekleidet. Aber was erwartet sie in der Zukunft? Wohin wird sie gehen? Wie wird sie nun leben? All das werden wir in der Folge erfahren, jetzt aber geben Sie mir zu, daß ich die Wahrheit sagte, als ich Sie versicherte, daß Nymphodora nicht verbrennen würde, ehe die Erzählung zu Ende sei.

Ich kann Ihnen, Jungfrauen und Witwen, nur raten, so schnell wie möglich zu heiraten. Nymphodoras Beispiel muß ihnen zeigen, welch schrecklicher Gefahr ihr Schamgefühl ausgesetzt ist, wenn sie nicht unter dem Schutz eines »etatmäßigen« Beschützers stehen. Bald läßt ein Feuer sie in unbescheidener Kleidung zurück, bald rettet sie ein Nachbar aus dem Feuer, bald hat der Nachbar kein Dienstmädchen; kurz gesagt, sie sind von allen Seiten von Fallen umstellt, denen sie kaum entgehen können. Deshalb kann ich allen Jungfrauen und Witwen nur raten, so schnell wie möglich zu heiraten. Ich bin ein sittenstrenger Mensch; in meiner Nachbarschaft gibt es kein einziges hübsches Mädchen, keine einzige Witwe: das ist mir genauestens bekannt.

Nymphodora hat sich mehr als viele der tiefen Weisheit meines Rates vergewissert. Oh, die arme Nymphodora! Was hatte sie nach diesem »Brandfall« nicht alles ertragen! Feuer ist die zerstörerischste Elementargewalt: es vernichtet Häuser und die Herzen derer, die in diesen Häusern wohnen, entfacht die Erdoberfläche und die Vorstellungskraft, schleudert aus dem Vesuv Steine mit glühender Lava und erzeugt Nämliches in einigen Köpfen. Bei Nymphodora hatte es alles verschlungen, sogar den Schnuller ihres Kindes, sogar ihr letztes Kleid. Und denken Sie sich Nymphodoras Lage – ohne Kleid!

Wo lehnt eine junge Frau den Kopf an, die keine Stütze hat in so entsetzlichem Unglück? Merken wir an, daß Nymphodora wenige Verwandte und Freunde hatte. Merken wir weiter an, daß ihre Verwandten weniger Verwandte waren als Menschen, denen man, wie Puškin sagt, an Feiertagen gratulieren muß, und Freunde … mein Gott! Freundschaft ist nur in Büchern schön, und das auch nur in dicken, altmodischen, ledergebundenen und wurmstichigen, in der Welt, im Leben dagegen sind Freunde, wie das Volkslied sagt, Freunde nur bis zum schwarzen Tag, oder noch weniger, wie mich deucht. Aber das ist nicht meine Sache: ich wiederhole nur, daß Nymphodora ohne jede Hilfe dastand, ohne Dach über dem Kopf, ohne Geld, daß sie durch ihre heißen Tränen nicht sah, wohin sie sich mit einem Brustkind in den schwachen Armen hätte wenden können, und daß sie der Antrag Astrovs bestürzte, erstaunte, erschreckte, der plötzlich, wie aus heiterm Himmel, zu ihr sagte, ob es ihr nicht beliebe, für die erste Zeit ein Zimmer in seiner Wohnung einzunehmen.

Und wahrlich, wie konnte man nicht erschrecken vor solch einem Antrag? Astrov war Junggeselle, Nymphodora Witwe: was hatte er im Sinn? Selbst einmal angenommen, er hätte Nymphodora ohne jedes diplomatische Ziel eingeladen, ausschließlich bewegt vom Mitleid mit ihrem Kummer; trotzdem … Sie haben vielleicht die Geschichte von dem Jüngling und der Jungfrau gelesen, die den Einfall hatten, gemeinsam das Heil zu suchen, gemeinsam in die Wüste gingen und Jesus weiß wie geendet hätten, wenn sie nicht das Krähen eines Hahns an ihr heiliges Unternehmen erinnert hätte. Nicht umsonst hat Chateaubriand, auf seiner Reise durch Griechenland, inmitten berühmter Ruinen seine hochpoetische Aufmerksamkeit auf die Hähne gerichtet, da er bemerkte, daß es im Städtchen Zea (das sich im übrigen sonst durch nichts Bemerkenswertes auszeichnet) »eine so große Menge an Hähnen gibt, und diese Hähne krähen so oft und so laut, daß sie einen dadurch wahrlich betäuben«.

Aber es war nichts zu machen. Nachdem sie über alles hübsch nachgedacht hatte, ergab sich Nymphodora dem Schicksal und antwortete Astrov, sie nehme seinen Antrag an. Der junge Mann geriet über ihre Einwilligung in solche Begeisterung, daß sie sie schon bereute. »Worüber freut er sich so?« – dachte Nymphodora. »Worüber er sich freut! – hätte ich gesagt (wenn ich an seiner Stelle gewesen wäre!) – ist es einem guten Herzen etwa keine Freude, wenn es ihm gelingt, ein gutes Werk zu tun?« Nymphodora sah Astrov scharf an. Er hatte sich nach Äußerung seiner Begeisterung beruhigt, stand da wie ein Schüler, dem man gedroht hat, die Augen niedergeschlagen, errötete und schien sich seiner Unbescheidenheit zu schämen. »Oh! das ist ein guter Mensch«, – dachte Nymphodora und war beruhigt. Bei alledem gab es nicht einmal auf dem Wiener Kongreß so feinsinnige Überlegungen über die künftige Gestaltung Europas, als sie Nymphodora sich gestattete, während sie mit Astrov die Ordnung ihres künftigen Lebens besprach. Das Witwentum erleuchtete sie, Ungeschicklichkeit und Schüchternheit des Kontrahenten verliehen ihr eine Kühnheit, die sie nicht besaß: deshalb entging kein noch so geringer Umstand ihrer keuschen Politik, alles wurde vorausbedacht, mit einer Genauigkeit berechnet, die selbst Talleyrand zur Ehre gereicht hätte. Ich will Ihnen nicht die Einzelheiten dieses berühmten Gesellschaftsvertrages auseinandersetzen, halte es aber für notwendig, seinen Inhalt und die Kraft einiger seiner wichtigsten Artikel zu erklären. »1. Nymphodora bewohnt das Schlafzimmer Astrovs und behält den Schlüssel zur Tür des dunklen Nebenzimmers, welches Astrov selbst einnimmt. 2. Alle übrigen Zimmer nutzen Astrov und Nymphodora zu gleichen Teilen, aber ersterer verpflichtet sich, keine Gäste zu empfangen, solange letztere in seiner Wohnung lebt. 3. Der Kammerdiener Astrovs wird Nymphodora in Zukunft als seine Herrin anerkennen, im Gegenzug wird Nymphodora ihrer Köchin befehlen, Astrov zu gehorchen. 4. Das Essen wird von jetzt ab nicht aus der Schenke geholt, sondern zu Hause zubereitet unter persönlicher Aufsicht Nymphodoras, die sich, in der ihr eigenen Liebenswürdigkeit, mit dem ökonomischen Teil des Haushalts selbst befassen will. 5. Zum Zeichen seiner tiefsten Dankbarkeit hierfür und zum Beweis seiner grenzenlosen Verehrung für Nymphodora übernimmt Astrov alle erdenklichen Schritte zum Erwirken einer Entschädigung für die bei dem Feuer erlittenen Verluste und zur Sicherung ihres künftigen Vermögens, das zu gründen ist auf dem kleinen Kapital, das beim Vormundschaftsrat aufbewahrt wird.«

Aus diesen Artikeln geht hervor, daß Astrov der Angeschmierte war. Dessen ungeachtet übernahm er den letzten von ihnen mit solchem Eifer, daß einige Tage später Nymphodoras ehemalige Hausbesitzer die Brandstätte ihr überschrieben und aus Petersburg abreisten, glücklich, sich von diesem nichtsnutzigen Flecken Erde getrennt zu haben, dem einzigen Grund, der sie bis zu dieser Zeit von ihrer unschätzbaren Heimat Kleinrußland ferngehalten hatte. Die liebe Witwe wußte nicht, wie sie Astrov danken sollte, aber ihre Dankbarkeit war ihm auch nicht wichtig. Der Kauz schien so glücklich, wenn Nymphodora zufrieden war, daß jede Dankbarkeitsäußerung ihrerseits überflüssig gewesen wäre. Er erwies ihr grenzenlose Ergebenheit und sklavischen Gehorsam. Nymphodora brauchte nur etwas zu wünschen, alles wurde erfüllt. Ihr Fühlen wurde von Astrovs Seele wie von einem Spiegel mit größter Genauigkeit zurückgeworfen, nur in vergrößerter Gestalt, wie von einem Konkav-Spiegel: wenn Nymphodora sich langweilte oder grämte, war Astrov bereit zu weinen; wenn sie heiter war, hüpfte er und sang. Im Dienst beschäftigt, verbrachte er jeden Morgen außerhalb seiner Behausung, aber vom Dienst zurückgekehrt, verbrachte er den ganzen Tag zu Hause, und Nymphodora konnte ihn von hier nicht vertreiben, weil er ihr jedesmal ernstlich die Notwendigkeit bewies, dies oder jenes zu tun, obwohl er gar nichts tat. Ihre Zeit verflog entweder in Gesprächen oder damit, daß Astrov vorlas und Nymphodora stickte. Das erinnerte die Witwe an ihr früheres Leben, die Träne stieg ihr in die Augen und fiel von den langen Wimpern zitternd auf ihre Arbeit. Astrov, wenn er so eine Träne bemerkte, wollte die betrübte Schöne immer trösten, fand hierzu aber nicht die Kraft. Etwas Bitteres und Ärgerliches schnürte ihm die Seele ab: er bemitleidete Nymphodora, und er ärgerte sich über sie; es endete meist damit, daß sich der junge Mann schweigend aus dem Zimmer entfernte. Nymphodora, allein geblieben, begleitete ihn mit dem Blick und schaute lange auf die Tür, hinter der er verschwunden war. Sie fühlte, daß ihr Verhältnis zu Astrov mit jedem

Tag zärtlicher wurde, und dies weckte in ihr Vorwürfe des Gewissens. Wie! noch nicht einmal sechs Monate waren vergangen seit dem Tode ihres Mannes, und schon wurde sie ihm untreu! noch war sein Leichnam nicht verwest, das Grab noch nicht mit Gras bedeckt, und die Erinnerungen an den Verstorbenen waren noch so frisch wie die Erde, die man auf seine dunkle Behausung geworfen hatte, aber sie lächelt bereits, schaut bereits voller Liebe einen anderen Mann an! Aber war das Liebe? Und selbst wenn es Liebe gewesen wäre, hatte Astrov sie geweckt? Nymphodora wollte ihre Gefühle erforschen, wie ein Chemiker eine ihm unbekannte Substanz, mit Hilfe analytischer Zergliederung. Die Schlußfolgerungen trösteten Nymphodora; sie fand, daß sie nur schwächste Zuneigung für Astrov empfand und daß diese Zuneigung lediglich auf einer gewissen Ähnlichkeit zwischen ihm und ihrem verstorbenen Manne gründete, besonders zu der Zeit, als er noch nicht ihr Mann gewesen war, sondern ihr Bräutigam.

In der Tat war Astrov Nymphodoras Mann in vielem ähnlich: derselbe hohe Wuchs, dieselben dunklen Haare, dieselben schwarzen feurigen Augen. Außerdem war Astrov genauso zärtlich und liebevoll wie Nymphodoras Mann in den ersten Tagen ihrer Bekanntschaft; er erwies ihr genau dieselbe Fürsorglichkeit, bemühte sich genauso, ihr gefällig zu sein, und richtete genau solch beredte Blicke auf sie. Kurz, er war der auferstandene verstorbene Aleksandr vor der Hochzeit.

Nymphodora konnte nicht anders, als diese verblüffende Ähnlichkeit zu bemerken, und verzieh sich die Freundschaft, die sie für Astrov empfand. Wie sollte sie auch gleichgültig bleiben gegenüber diesem edlen jungen Manne? Sie sah in ihm ihren Beschützer und Wohltäter; sie war ihm ebenso dankbar. Die Dankespflicht ist eine heilige Pflicht. Beging Nymphodora etwa eine Sünde, indem sie diese Pflicht erfüllte? Mein Gott! Ich denke, sie hätte sich bei weitem mehr versündigt, wenn sie sie nicht erfüllt hätte.

»Nein, ich bin nicht schuldig!« – sagte sich Nymphodora und fuhr ruhigen Gewissens fort, ihren Kleinen zu liebkosen.

Ich erinnere mich nicht, ob Rußland Armenien erobert hatte, ob es die Türken befriedet oder dem aufständischen Polen wieder seine gesetzlichen Ketten angelegt hatte (seit dem 27. Juni 1709 haben die Russen so viele Siege errungen, daß man mit dem Zählen nicht mehr nachkommt!), nur – im Kaiserlichen Garten war eine glänzende Parade, mit der das Ende eines langen Krieges und das Erlangen neuen Ruhms gefeiert wurde. Dichte Kolonnen von Kriegern ballten und entfalteten sich, der Stimme ihrer Führer folgend, gingen gemessenen Schrittes vorüber oder blieben wie angewurzelt stehen, sich in der Ferne als bunte Streifen abzeichnend und mit den Waffen glitzernd. Adjutanten flogen wie die Schwalben dahin und dorthin, einer dem andern den Weg verstellend. Musik erklang von allen Seiten; die Rosse tänzelten zu ihren Klängen; die weißen Federn der Generäle wogten und bewegten sich erregt.

Und wenn sie dieses lebenspralle Bild sahen, diese Musik hörten, die vor Triumph dröhnte, dann fühlten die Zuschauer, daß ihre Brust sich weitete, das Herz hüpfte, als wolle es aus dem Körper springen. Sie sagten untereinander: »Wer gegen die Russen ist!« Ein anmaßendes Lächeln erschien auf ihren Lippen, Arme und Beine gerieten unwillkürlich in Bewegung, die Augen versprühten Funken, und nicht wenig junge Köpfe drehten sich im Kreis, nicht wenig alte hoben sich stolz.

Und die Zuschauerinnen? Was soll man über sie sagen! Sie waren begeistert, trunken, beinahe ohnmächtig – von all den güldnen Uniformen, den schwarzen Schnurrbärten und ausgelassenen Pferden, denn bei russischen Frauen ist das Gefühl des Patriotismus noch stärker ausgeprägt als bei den Männern. Jede von ihnen war bereit, selbst ein Secondelieutenant zu sein; ganz zu schweigen von den Generälen, den Obristen, den Capitains.

Im Sommergarten, an der Barriere, die dem Kaiserlichen Garten zugewandt war, hatte sich an diesem Tage, wie immer bei dergleichen Gelegenheiten, eine vielköpfige Menschenmenge verschiedenen Standes, Alters und Geschlechts versammelt. Hier war auch Nymphodora mit ihrem guten Astrov. Er hatte ihr, kraft ihrer Bitten und seiner Rippenstöße, einen Platz unmittelbar an der Absperrung freigekämpft, vor allen andern Zuschauern, selbst hatte er sich dahinter aufgestellt, auf diese Weise die Ruhe der jungen Witwe wahrend und erfreut, daß sie alles würde sehen können. Aber Nymphodora schaute, zu Astrovs großer Verwunderung, beinahe gar nicht auf die Parade, sondern schaute alle Augenblicke nach links. Er konnte nicht erfassen, was dort ihre Aufmerksamkeit auf sich zog; aber wie hätte er auch dieses Rätsel erraten können, das nicht einmal Nymphodora selbst zu begreifen vermochte?

In der Ferne, hinter einer Menge von Hüten und Hütchen, war der Kopf eines Mannes zu sehen, mit dunklen Haaren und länglichem rosigen Gesicht. Als Nymphodora absichtslos zum ersten Mal diesen Kopf erblickt hatte, lief ihr die Kälte über den ganzen Körper, und Schweiß trat ihr auf die Stirn. Hier war es nicht nur die Ähnlichkeit mit ihrem verstorbenen Mann, die sie an Astrov bemerkt hatte, nein, es war ihr Mann in Person! jawohl, er war es selbst, denn die Natur hatte nicht zwei Gesichter hervorbringen können, die einander so ähnlich waren. Nymphodora vergaß die Parade, vergaß auch alles andere. Sie sah sich alle Augenblicke um, aber die Bewegungen der Menge und die Entfernung hinderten sie, den wundersamen Unbekannten genau zu betrachten.

– Was schauen Sie ständig nach dieser Seite? – fragte Astrov.

– Nichts … nur so, – antwortete Nymphodora mit zitternder Stimme.

Astrov bemerkte ihre Verwirrung nicht und verstummte. Unterdessen fuhr Nymphodora fort, jeden Augenblick einzufangen, in dem das Gesicht des Unbekannten nicht von anderen Zuschauern verstellt wurde, und – seltsam! Je genauer sie es sich anschaute, desto sicherer wurde sie, daß es Aleksandr sei. Nymphodora brachte sich in Erinnerung, daß ihre Vorstellung sie schon einmal getrogen hatte, – vergeblich. Es war Aleksandr.

– Hören Sie, – sagte sie, mühsam atmend, an Astrov gewandt, – Sie wissen nicht, wer dieser Mann dort ist, der die andern überragt, im dunkelblauen Frack mit den hellen Knöpfen?

– Nein, – antwortete Astrov.

Aber Nymphodora verlor schließlich die Geduld.

– Es ist so furchtbar eng hier, – sagte sie, – und man sieht nicht gut. Sollten wir nicht dort hinüber gehen?

– Wohin, Nymphodora Ivanovna? Wo dieser Mann steht?

– … Ja …

Nymphodoras Stimme erstarb. In Astrovs Herz regte sich etwas wie Eifersucht. Er blickte sich um und antwortete Nymphodora:

– Hinter uns steht ein solcher Haufen Volks, da kommen wir nicht durch. Bleiben wir besser hier.

– Vielleicht kommen wir durch, – sagte Nymphodora leise.

– Unmöglich, ich versichere Sie.

– Wirklich?

– Ich zumindest nehme es nicht auf mich, Sie hindurchzugeleiten. Wenn es Ihnen beliebt, versuchen Sie es allein.

Nymphodora hatte von Astrov noch nie eine so grobe Antwort gehört. Sie bemerkte, daß Astrov sich zu ärgern schien, und beschloß zu bleiben, getröstet in der Hoffnung, dem Unbekannten nach Beendigung der Parade zu begegnen.

Die Parade war zu Ende. Die Zuschauer, in dichten Schwaden an die Barriere geschmiegt, regten sich, lärmten und begannen sich zu zerstreuen. Astrov wollte Nymphodora vor der Enge des Gedränges bewahren, aber sie war bereits verschwunden. Er wandte sich dahin und dorthin, – nirgends war sie. Ungeduldig wünschend, den Unbekannten von nahem zu sehen, hatte sie Astrovs Dienste nicht abwarten können und sich, ohne ihm ein Wort zu sagen, eilig in die Menge gestürzt, hinter welcher der rätselhafte Unbekannte gestanden hatte. Die Wogen des Volkes trugen sie; weder leistete sie Widerstand, noch freute sie sich, daß sie mit jedem Aufprall dieser Wogen dem Gegenstand, der alle ihre Gedanken einnahm, näherkam. Da stand er schließlich, zwei Schritte vor ihr, umgeben von unbekannten Gesichtern. Sie schaut ihn an, verschlingt ihn mit ihren Blicken. Der Unbekannte ist stutzerhaft gekleidet, wie sich ihr armer Mann nie gekleidet hatte. Sie staunt und denkt allmählich, sie habe sich getäuscht. Schon scheint ihr, er habe keinerlei Ähnlichkeit mit Aleksandr. Aber der Unbekannte beginnt zu sprechen – Nymphodora fährt zusammen. Es ist die Stimme ihres Mannes, seine Aussprache, sein Ton. Kein Zweifel mehr war möglich: er ist es, ihr Aleksandr, auferstanden aus dem Grabe, lebendig und blühend wie ehedem, und lebendiger, blühender als je zuvor.

Nymphodoras Kopf fing an sich zu drehen, Hitze und Frost liefen ihr abwechselnd über den Körper, ihr Herz schlug schrecklich, ihr Blut wallte, ihre Beine schlotterten. Sie bemerkte nicht einmal, daß sie sich auf einen neben ihr stehenden Mann gestützt hatte, der sie verwundert anschaute und sich nicht von der Stelle zu rühren wagte, denn Nymphodora sah in diesem Augenblick furchterregend aus: die innere Bewegung hatte sie auf schreckliche Weise entstellt, sie stand, wie ein Marmorstandbild, den Hals nach vorn gereckt, die Augen fast aus den Höhlen getreten, das Gesicht bleich wie ein Leintuch, die Lippen zitternd. Sie war die lebendige Darstellung des Entsetzens und der Aufmerksamkeit. Und in der Tat, Entsetzen erfüllte Nymphodoras Seele, ein Entsetzen, wie es Nymphodora nie erfahren hatte, das Entsetzen des Grabes. Nymphodora sah den Menschen vor sich, den sie mit all ihrer Zärtlichkeit liebkost und den sie eines Tages auf der schmutzigen Bank eines Polizeireviers gefunden hatte, getötet, verstümmelt, furchterregend. Jetzt stand dieser Mensch vor ihr in seiner ursprünglichen Frische. Wie war dieses Wunder geschehen? War er einfach ein Mensch, wie sie und andere? War er nicht der Teufel, oder der Sklave des Teufels, dem er seine Seele verkauft hatte, um noch einmal die irdischen Genüsse wiederaufleben zu lassen? Solche Gedanken flogen blitzesschnell am Horizont ihrer Vorstellungskraft, doch sie konnte keinen einzigen von ihnen erhaschen, um das Unfaßliche zu fassen. Ihr Verstand geriet in Unordnung. Schließlich erschütterte ein neuer Schlag ihr Herz. »Ich werde mit ihm sprechen!« – hatte sie gedacht. In diesem Moment erklang der Ruf: »Seht mal! seht mal!« – im Kaiserlichen Garten ging irgendetwas vor sich; alle stürzten zur Barriere, und Nymphodora, erdrückt inmitten der neugierigen Gaffer, fand sich, selbst nicht wissend wie, an einer Stelle wieder, an der der Unbekannte nicht mehr war. Einige Sekunden stand sie und ließ die Blicke schweifen über die Gesichter, die sie umgaben. Er war es nicht! Er war es nicht! nein, er war es nicht! Von dem einen Gedanken versklavt und von dem einen Gefühl erfüllt, lenkte Nymphodora ihre Schritte durch die schattigen Alleen des Gartens, hoffend, das Verlorene wiederzufinden; sie ging schnell, beinahe im Laufschritt; ihre Kleidung geriet in Unordnung, ihre Augen glitzerten und hüpften. Jeder gab ihr erstaunt oder geängstigt den Weg frei; jeder dachte, sie sei wahnsinnig. Die Herren flüsterten untereinander, den Blick auf die entblößten Schultern gerichtet, die Damen wandten sich süßlich lächelnd ab. Nymphodora indessen ging und ging, ihr feuriger Blick streifte alle Gesichter. Plötzlich blieb er auf etwas in der Ferne haften. Eine Sekunde, eine zweite… Nymphodora verfiel in Laufschritt und stürzte einem Mann zu Füßen mit dem durchdringenden Schrei: »Aleksandr!«

Im Nu umgaben neugierige Zuschauer die im Sande bebende Nymphodora; der, auf den sich ihr Aufschrei bezog, stand wie angewurzelt.

– Sie wünschen, gnädige Frau?

Nymphodora schwieg. Stumpf schauten ihre Augen auf den Unbekannten, aus ihrem halbgeöffneten Mund flog mal kalter, mal flammender Atem, die Brust wogte.

– Sie, wünschen gnädige Frau? – wiederholte der Unbekannte. – Lassen Sie mich los.

Wieder schwieg Nymphodora. Ihre Hände hingen unbeweglich um die Füße des Unbekannten.

– Lassen Sie mich bitte los. – Die Stimme des Unbekannten hatte etwas Seltsames, so als sei er eingeschüchtert oder schäme sich dieser Szene. Er beugte sich zu Nymphodora herab und sagte freundlich zu ihr: – »Bitte lassen Sie mich los.«

Aber Nymphodoras Hände verwandelten sich in eiserne Ketten. Einige Zuschauer, die mitleidiger waren als andere, wollten die arme Frau aufheben. Irrenden Blickes schaute sie sie an und schrie: »Fort! fort!« Es war schmerzlich, Nymphodora anzusehen, wie sie beinahe bewußtlos dalag und mit jedem Augenblick fester die Füße des Unbekannten umschlang, als fürchte sie, er könne sich losreißen. Aber noch schmerzlicher war jener Unbekannte zu sehen, dieser großgewachsene, schlanke und schöne Mann, der sich vergeblich bemühte, sich aus den Händen einer schwachen Frau zu befreien, und bleich, mit flehentlichen Blicken um sich schaute. Die Zuschauer traten unwillkürlich von den Kämpfenden zurück und sahen schweigend zu.

– Aleksandr! – sagte Nymphodora schließlich. – Aleksandr, erkennst du mich nicht?

– Entschuldigen Sie, gnädige Frau, – antwortete der Unbekannte, – ich habe nicht die Ehre, Sie zu kennen.

– Wie! du kennst mich nicht! Aleksandr, du kennst nicht deine Nymphodora?

Die erstorbene Stimme Nymphodoras wurde heftiger, der Unbekannte geriet in noch größere Verwirrung.

Seltsam, diese Lage. Am hellichten Tag, mitten in einer Menge Außenstehender, neugieriger Menschen, Menschen, die bereit waren zu lästern und aus allem nachteilige Schlußfolgerungen zu ziehen, von einer Frau attackiert zu werden, die sich vor Ihnen zu Boden wirft, Ihre Füße umklammert und Sie »ihren« Aleksandr nennt und sich selbst »Ihre« Nymphodora. Sie werden mir zustimmen, es war kein Wunder, daß der

Unbekannte verwirrt war und nicht wußte, was er beginnen sollte, und dabei bemüht war, Gelassenheit zu bewahren.

– Du kennst also deine Nymphodora nicht? – wiederholte die junge Witwe.

– Nein, gnädige Frau, ich kenne Sie nicht und denke sogar, daß auch Sie mich nicht kennen, denn Sie geben mir einen Namen, den ich nicht trage und nie getragen habe.

– Was? was? – fragte Nymphodora hastig.

– Sie nennen mich Aleksandr, aber ich heiße Fëdor.

– Wie! du heißt nicht Aleksandr? O nein, nein, das kann nicht sein! Ich habe dich über zwei Stunden beobachtet; ich sehe dich auch jetzt, auch jetzt höre ich deine Stimme. Du bist Aleksandr! Wie könnte ich meinen Mann nicht erkennen? habe ich nicht tausendmal diese Wangen geküßt, die jetzt bleich sind, früher aber rosig waren? habe ich nicht stundenlang in diese Augen geschaut, diese Haare gekämmt? Du bist Aleksandr! ich bin deine Nymphodora! deine Frau!

Auf den Lippen des Unbekannten zeigte sich ein Lächeln.

– Entschuldigen Sie nochmals, gnädige Frau, – sagte er mit gezwungen-heiterer Stimme, – es wäre mir höchst angenehm, mich Ihren Ehemann nennen zu dürfen, aber ich habe leider eine andere Frau.

– Eine andere? Nein, Aleksandr, das ist unmöglich. Du hast mich so geliebt, daß du mir unmöglich untreu werden konntest. Du gehörst mir. Noch lebe ich. Du durftest keine andere heiraten, solange ich lebe.

– Das ist sicher eine Wahnsinnige, – sagten die Zuschauer untereinander.

– Ich habe gesehen, wie sie durch die Alleen gerannt ist. Sie hat auch Augen, in denen der Wahnsinn steht, – sagte ein Herr, dessen Augen von einer großen dunkelblauen Brille verdeckt waren.

– Wie kann man solche Leute nur frei herumlaufen lassen. Mein Gott! – sang ein anderer in halb militärischem, halb zivilem Rock, eine Art Amphibie.

– Sie ist wahnsinnig, genau, sie ist wahnsinnig! – ertönte es von allen Seiten. – Kommt, schaut euch die Wahnsinnige an, die sich für die Ehefrau eines jeden ausgibt, der ihr über den Weg läuft! kommt her! da ist sie.

Und Scharen neuer Zuschauer drängten sich um Nymphodora, die um sich her nichts sah und nichts hörte. Der Unbekannte schien sich beruhigt zu haben, triumphierend blickte er um sich, wahrscheinlich auf der Suche nach polizeilichem Schutz vor der Wahnsinnigen.

– Genug jetzt, sie ist wahnsinnig! – bemerkte ein altes Männlein.

– Natürlich ist sie wahnsinnig! – sagte eine Dame im Hütchen mit Schleier, hinter dem nichts zu sehen war, – das Kleid ist ihr von den Schultern gerutscht, der Schnürsenkel am linken Schuh ist lose. Wie kann man nur!

Das alte Männlein sah die Dame an und rief, nach der anderen Seite gewandt, jemandem zu: »Bitte hierher! Bitte hierher! hier ist Ihre Vermittlung nötig!«

Die Menge trat auseinander, und vor Nymphodora und dem Unbekannten erschien ein Polizeimeister.

– Da, sehen Sie mal, was für Wunderdinge hier geschehen, – sagte das alte Männlein.

– Seien Sie so gut, – unterbrach der Unbekannte und verbeugte sich höflich, aber nicht unterwürfig vor dem Polizeimeister, – diese Frau hat mich, während ich spazierenging, plötzlich angehalten, hat sich zu Boden geworfen und läßt mich jetzt nicht weitergehen, dabei redet sie nur ungereimtes Zeug, unter anderem, sie sei meine Frau.

– Sie ist wahnsinnig! – rief man dem Polizeimeister von allen Seiten zu.

Nymphodora blickte zornig auf.

– Wer sagt da, ich sei wahnsinnig?

– Sie ist durch die Alleen gerannt, – sagte der Mann mit der dunkelblauen Brille.

– Das Kleid ist ihr von den Schultern gerutscht und der Schnürsenkel ist lose, – fügte die Dame mit dem undurchdringlichen Schleier hinzu.

– Wie kann man solche Leute nur frei herumlaufen lassen! – sagte der halbmilitärische Beamte seufzend.

– Ich wahnsinnig! O mein Gott! Aleksandr, sag, ob ich wahnsinnig bin, daß ich dich wie früher liebe? Kann man seinen Mann denn nicht lieben?

– Sie sagen, das sei Ihr Herr Gemahl? – fragte der Polizeimeister.

– Ja, er ist mein Mann, und ich versichere Sie, ich bin ganz und gar nicht wahnsinnig.

– Das werden wir sehen. Ihr Name, gnädiger Herr?

– Hofrat Streleckij.

– Und Ihrer, gnädige Frau?

– Beamtengattin zehnter Klasse Serebrova.

– Na bitte! Ist sie nicht wahnsinnig? – bemerkte überaus vernünftig der Herr mit der dunkelblauen Brille, – er heißt Streleckij, sie Serebrova und gibt sich für seine Frau aus!

– Solche Leute müßte man unter Verschluß halten, zur Vermeidung jeglichen Ärgernisses in der Öffentlichkeit, mein Gott! – sagte der halbzivile Beamte.

– Ich hoffe, Sie werden mir Ihren Schutz erweisen und mich von dieser Frau befreien, – sagte unterdessen Streleckij, an den Polizeimeister gewandt.

– Unbedingt, gnädiger Herr. Sie können sicher sein, ich werde alles tun, was getan werden muß.

Bei diesen Worten wandte sich der Polizeimeister freundlich und höflich an Nymphodora. Sie antwortete bereitwillig, stand auf, richtete ihr Kleid und beantwortete leise, ruhig alle Fragen. Streleckij, der sich befreit sah, wollte sich sofort entfernen, aber der Polizeimeister bat ihn zu warten. In Nymphodoras Worten waren nicht die geringsten Anzeichen von Wahnsinn zu erkennen.

– Es überkommt sie zeitweise, – sagte gewichtig der Weise mit der dunkelblauen Brille.

– Aber ich bitte Sie, – widersprach der Amphibien-Beamte, – sie spricht jetzt vielleicht ganz vernünftig, behauptet aber immer noch, er sei ihr Mann.

– Ja und? – rief der Philosoph, – das liegt in der Ordnung der Dinge, anders kann es gar nicht sein, das heißt, ich will sagen, sie ist nur in einem Punkt verrückt, in dem mit ihrem Mann, in allen anderen Gelegenheiten ist sie eine kluge Frau.

– Herrgott, was es nicht alles für Krankheiten gibt! – sagte voller Gefühl der Beamte im halbmilitärischen Rock, seufzend den Blick zum Himmel erhoben, – und was für welche aus so einem Fall entstehen! Nehmen wir nur den heutigen Fall! Mein Gott! Schlecht, sehr schlecht handeln die Verwandten von Frau Serebrova, daß sie ihr gestatten, sich in der Öffentlichkeit blicken zu lassen!

Doch in diesem Augenblick hörte man inmitten der Menge ein lautes Gespräch, in das Streleckij, Nymphodora und der Polizeimeister verwickelt waren.

– Was ist da los? – sagten die Amphibie und der Weise, hoben sich auf die Zehenspitzen und reckten die Hälse, um die Szene über die Köpfe und Schultern der anderen sehen zu können.

– Nein, mein Herr! – schrie Streleckij jähzornig auf, – das lasse ich nicht zu, das gestatte ich nicht.

– Ich werde Mittel finden, die Sie zwingen zu gehorchen, – antwortete der Polizeimeister gelassen.

– Wie kann man denn? Einen Edelmann, Adeligen, Hofrat festnehmen, aufgrund der Aussage einer Frau, einer Herumtreiberin, Wahnsinnigen, Bettlerin!

– An Frau Serebrova erkenne ich bislang nichts dergleichen.

– Mich festnehmen wie einen Lakaien!

– Ich will Sie ja nicht »festnehmen«. Wozu das harte Wort? Ich bitte Sie nur mitzukommen.

– Niemals! um nichts in der Welt!

– In diesem Falle sind Sie selbst schuld, wenn man Sie tatsächlich »festnimmt«, wie Sie sich ausdrücken.

Streleckij tobte.

– Urteilen Sie selbst, Herrschaften, – sagte er, errötet und erregt vor Zorn, – wo hat man schon gesehen, daß man einen Edelmann auf eine Stufe stellt mit einer Herumtreiberin, die noch dazu verrückt ist?

Alle schwiegen.

– Wo hat man schon gesehen ... – fuhr er fort.

Zwei Schutzleute, ein Gendarm und ein Quartalsaufseher, drängten sich durch die dicke Mauer der Zuschauer. Streleckij versuchte vergeblich, sich aus ihren starken Händen loszureißen. Schaum trat ihm vor den Mund, die Zunge lallte Unverständliches, die Augen brannten. Doch der Polizeimeister sah ihn sehr gleichgültig an und sagte zum Quartalsaufseher: »Zum General!«

– Und sie zeigt keinerlei Anzeichen geistiger Verwirrung?

– Nicht die geringsten, Euer Exzellenz. Ich habe mich lange mit ihr unterhalten und bin völlig sicher, daß sie bei vollem Verstande ist.

– Erstaunlich! Und Streleckij?

– Sagt entschieden, sie nicht zu kennen.

Der General zuckte die Schultern.

– Und was haben Ihre Nachforschungen ergeben? – fragte er den Polizeimeister.

– In Streleckijs Wohnung fand ich eine Dame, die

mir sagte, sie sei wirklich seine Frau. Dasselbe behaupten alle Bediensteten, die Hausbesitzer und Nachbarn. Offenbar sind sie reiche Leute: überall Spiegel, Bronzen, Porzellan. Nur eines erschien mir seltsam: die Serebrova sagt, ihr Mann sei am vierten Dezember verschwunden, und die Streleckijs sind in ihre jetzige Wohnung ebenfalls am vierten Dezember umgezogen. Übrigens war ich auch in dem Haus, das sie früher gemietet hatten, und habe erfahren, daß dort wirklich ein Hofrat Streleckij und Frau gewohnt haben.

Der General hörte gegen Ende dieser Erzählung aufmerksamer zu und runzelte die Stirn, als ob er über etwas nachdenke.

– Vierter Dezember und vierter Dezember, – sagte er halblaut, – aber weiter! was haben Sie noch erfahren?

– Die Serebrova lebte nach dem Verschwinden oder Tod ihres Mannes, wie auch des Vaters, allein in der Wohnung, die sie mit ihnen gemietet hatte, aber das Haus ist abgebrannt, seitdem lebt sie bei einem jungen Manne namens Astrov.

– Ein Verwandter?

– Eben das ist das Verdächtige, Euer Exzellenz, daß er kein Verwandter ist, nicht einmal ein alter Bekannter. Man erzählt, Astrov habe die Serebrova aus den Flammen getragen und ihr fürs erste Obdach gewährt:

damit begann ihre Bekanntschaft. Aber seit dieser Zeit ist über ein Monat vergangen, und sie leben immer noch zusammen. Das ist irgendwie unschön. Ich wage nichts zu behaupten, aber Astrov schien mir höchst erregt in bezug auf Frau Serebrova. Er lief wie ein Wahnsinniger auf und ab, als ich kam, und bat mich fast unter Tränen, ihm zu gestatten, sie zu sehen.

– Ja, da muß etwas dahinter stecken, – sagte der General. – Aber dieser vierte Dezember – der Tag des Verschwindens von Serebrov und der von Streleckijs Umzug, – fügte er, sich die Stirn reibend, hinzu, – ich werde einfach den Gedanken nicht los, daß wir der Wahrheit näherkommen, wenn wir auf irgendeine Weise das Zusammentreffen dieser Umstände klären könnten… Hören Sie! Nehmen Sie diesen…

In diesem Augenblick wurde dem General jemandes Kommen gemeldet. Er flüsterte dem Polizeimeister das Ende der begonnenen Rede ins Ohr und verließ das Kabinett, der Polizeimeister seinerseits lief in das Zimmer, in dem Streleckij sich befand, setzte ihn zu sich in die Droschke und befahl dem Kutscher, so schnell wie möglich zur Alarčin-Brücke zu fahren.

– Wohin fahren Sie mich? – fragte Streleckij nach einigem Schweigen mürrisch.

– Zu dem Haus, in dem Sie früher eine Wohnung gemietet hatten.

– Wozu?

– Das werden Sie sehen.

– Aber ich habe nie an der Alarčin-Brücke gewohnt.

– Nein?

– Nein.

– Wo haben Sie dann gewohnt?

– Wozu wollen Sie das wissen?

– Sie haben nicht das Recht, mich das zu fragen.

– Ob ich es habe oder nicht, nur sage ich Ihnen, ich habe nie an der Alarčin-Brücke gewohnt.

– Aber Ihre Frau Gemahlin sagte mir, Sie hätten dort gewohnt, und von den Besitzern des Hauses habe ich das gleiche gehört.

Streleckij wandte sich rasch zu dem Polizeimeister um, als wolle er etwas sagen, schwieg aber und begann, auf die Straße zu schauen, die unter der Droschke dahinraste. Lange sprachen sie kein Wort. Der Polizeimeister ließ Streleckij nicht aus den Augen.

– Tss! Sie fallen! Sie stürzen sich zu Tode! – sagte er schließlich und packte mit beiden Händen seinen Gefangenen, der sich plötzlich zur Seite gebeugt hatte. – Kutscher, fahr schneller!

Es waren nurmehr wenige Schritte bis zu dem Haus, in dem Streleckij gewohnt hatte, als der Polizeimeister befahl, gegenüber dem Schilderhäuschen anzuhalten; dort rief er den Soldaten und befahl ihm, neben der Droschke herzugehen, die nun Schritt fuhr. Streleckij war bleich wie der Tod, er zitterte am ganzen Körper.

– Euer Hochwohlgeb... – begann er stotternd.

– Sie wünschen?

– Euer Hochwohlgeboren... Aber er verstummte.

– Sprechen Sie, sprechen Sie, – sagte der Polizeimeister, der hoffte, irgendeine wichtige Nachricht zu hören, die seine Nachforschungen abkürzen würde.

– Nein, es ist nichts, – antwortete Streleckij dumpf.

Sie traten ins Haus.

– Ach, schon wieder Sie, Oberst! – sagte der Besitzer, der Weise mit der dunkelblauen Brille. Mit diesen Worten blieb er unsicher vor Streleckij stehen. – Wie! der Herr von vorhin, an den sich irgendeine Wahnsinnige geklammert hatte!

– Vielleicht ist sie nicht wahnsinnig, – entgegnete der Polizeimeister bescheiden.

– Ich bitte Sie! Ihr stand der Wahnsinn in den Augen. Das war zu sehen. Damit kenne ich mich aus.

– Mit Wahnsinnigen?

– Jawohl, mit Wahnsinnigen. Wenn Sie zu sehen belieben: sie ist wahnsinnig in einem Punkt. Nach Hause zurückgekehrt, habe ich mich sofort kundig gemacht in dem, was man Monomanie nennt. Herr Streleckij, es ist mir vorhin nicht eingefallen! Sie sind sicher ein Verwandter von Fëdor Lvovič Streleckij, der bei mir im Hause gewohnt hat? Welch ein würdiger Mann! so gutmütig, ehrbar …

– Herr Streleckij sagt, er sei es selbst, – sagte der Polizeimeister.

– Wie das, Oberst?

Der Polizeimeister erklärte dem Weisen den ganzen Fall. Der Weise riß die Augen auf, blähte die Nasenflügel und ließ den Mund offenstehen. Wenn man ihn in diesem Augenblick gesehn hätte, wäre kein Zweifel aufgekommen, daß er ein kluger Mensch war. Streleckij ging auf ihn zu und sagte, mit furchterregend blitzenden Augen und mit Donnerstimme, ihm direkt über dem Ohr:

– Sagen Sie schon! bin ich es etwa nicht? bin ich es nicht?

Der Weise fuhr zurück.

– Sagen Sie schon, keine Angst, – sagte der Polizeimeister und zwinkerte dem Soldaten zu, an der Tür stehenzubleiben.

Der unglückliche Hausbesitzer schaute den Polizeimeister mit einem flehentlichen Blick an, dann holte er tief Luft, schüttelte den Kopf und sagte halblaut:

– Nein, er ist es nicht!

Im Hause des Ober-Polizeimeisters, in dessen unterer Etage die Fenster auf gleicher Höhe mit dem Trottoir liegen, gibt es einige Zimmer, und in einem von ihnen lag auf einem Lederdivan ein junger Mann von sehr angenehmem Äußeren, schön gekleidet.

Die Strahlen der untergehenden Sonne brannten auf den Dächern Petersburgs herab, ohne in die Tiefe dieser traurigen Behausung vorzudringen, die ins Erdinnere getrieben war. Nur ein Abglanz fiel aus den purpurroten Wolken durch das Eisengitter vor dem Fenster. Hiervon versank das Zimmer in ein Ringen zwischen Finsternis und einem schwachen, unschlüssigen Licht, das alles in wundersame, sich unablässig wandelnde Farben hüllte und allem seltsame bewegliche Formen gab.

Die Augen des jungen Mannes irrten stumpf und unsinnig die Wände entlang und versanken in den dichten Schatten, welche die größere Hälfte des Zimmers erfüllten. Sie drückten nichts aus und blieben auf nichts lange haften. Man konnte sagen, daß der junge Mann zu diesem Zeitpunkt nicht dachte und daß er glücklich, ruhig, sorglos und gegenüber allem gleichgültig war.

So waren seine Augen. Aber nicht so sein Gesicht.

Farblos wie der Himmel des Herbstes, bleich wie die erste Bekleidung des Winters hob es sich seltsam und trübe vom schwarzen Leder des Divans ab und ertrank im Abenddämmer. Hatten Sie einmal Gelegenheit, den Mond zu sehen, der über einen verregneten Himmel schwimmt, von grauen, halbdurchsichtigen Wolken verdeckt, einen Mond ohne Strahlen, ohne Licht, gleich einem bleich-gelblichen Flecken auf dem Ornat des Nebels? Das Gesicht des jungen Mannes hatte Ähnlichkeit mit diesem traurigen, bleichen, bedrückten Mond. Und wenn Sie ihm ins Gesicht sähen, so würden Sie vor Entsetzen verstummen beim Anblick dieses regungslosen Ausdrucks der Qual; Sie würden sagen, vor Ihnen liege die Leiche eines Menschen, der unter grausamsten körperlichen und seelischen Leiden den Geist aufgegeben hat.

Aber der junge Mann war lebendig, lebendiger als Sie und ich, denn die Leiden, die er verspürte, erinnerten ihn unablässig daran, daß er lebte.

Wir alle können uns natürlich nicht tot nennen, solange Blut in unseren Adern kreist und solange unser Herz schlägt. Aber was ist das für ein Leben, dieses ruhige, stille, leidenschaftslose, das abzumessen ist mit Taschenuhren und das in weichen Sesseln dahindämmert oder über die Seiten eines neuen, auf alte Weise uninteressanten Romanes kriecht? Das ist nicht Leben – sondern Vegetieren. Um im vollen Sinne zu leben, ein menschliches Leben zu leben, muß man seine Gefühle üben und sich nicht mit einem leichten Kitzel begnügen, nein! Man muß sie erschüttern bis in die geheimnisvolle Tiefe, muß heftige Laute aus ihnen erklingen lassen – gleichgültig, ob Laute des Vergnügens oder der Klage – nur heftig müssen sie sein, diese Laute, damit Sie sich keinen Augenblick lang vergessen können und vergessen, daß Sie lebendig sind.

Der junge Mann war lebendig: ihn quälten entsetzliche Gewissensbisse.

Der Unglückliche!

Aber was ist schon das Glück? Eine Idee, die jeder auf seine Weise erklärt – Sie sind damit glücklich, ich mit etwas anderem, überein stimmen wir nur in dem Umstand, daß Glück nicht existieren kann ohne seelische Regungen. Folglich entsteht es aus den Regungen der Seele? Schön. Jetzt sagen Sie mir, ist der rosige Dickbauch glücklich, der auf einem Daunenkissen sitzt und mit halbverschlafenen Augen auf die Menschen schaut ohne jede Anteilnahme an ihnen, ohne jedes Gefühl, ohne Haß und Liebe, ohne Kummer und Freude? O nein! Er ist unglücklich und kann auch gar nicht glücklich sein, weil er viel zu ruhig ist, weil er nicht liebt, nicht haßt, nicht genießt und sich nicht quält. Aber schauen Sie auf diesen hungrigen armen Schlucker mit seinem Beutel, der auf der Erde sitzt und die Hand ausstreckt nach Ihrem Groschen; schauen Sie auf diesen jungen Liebhaber, der krampfhaft seine verschämte Schöne an sich drückt; auf diesen glatzköpfigen Ehrgeizling, der sich schlaflos auf dem Bett wälzt; oder auf diesen Offiziersnovizen, der im Feuer seiner jungen Tapferkeit auf die feindlichen Reihen losstürzt und fällt, durchbohrt von einem Bajonett. Sie alle, auch wenn sie ihr Leben verfluchen, sie alle sind glücklich, wie es auch nur sein kann, denn sie alle haben ihre Leidenschaften, ihre Wünsche, ihre Hoffnungen, ihre bitteren oder angenehmen Empfindungen, die ihre Seelen völlig versklavt haben.

Auch der junge Mann, der auf dem Divan lag, war in dieser Hinsicht glücklich: die Vorwürfe des Gewissens hatten seine Seele völlig verschlungen.

Wundersame Träumereien flogen an der Vorstellung des jungen Mannes vorüber und hallten mit schweren Schlägen in seinem Herzen wider. Mal waren es menschliche Leichen ohne Gesicht, besudelt mit Blut und Schmutz; mal war es eine Frau in reichem Kleid, mit einem riesigen Messer in der Hand, das sie dem jungen Manne gab und auf einen alten Mann von ehrbarem Äußeren zeigte; mal war es eine andere Frau, die einen Säugling in den Armen hielt und keine Tränen weinte, sondern Blut, mal, schließlich, waren es irgendwelche finsteren, niedrigen, engen, langen, endlosen Galerien, tief in die Erde gewühlt, fernab ihrer

Oberfläche, und in diesen Galerien war es stickig und schrecklich, und das schwache Licht des heiligen Lämpchens erstarb unter ihren niedrigen Gewölben, und diese Gewölbe, so schien es, erdrückten die schwarzen, gesichtslosen Menschen, die dort gruben, und da fiel tatsächlich ein riesiger Klumpen Erde auf die Grabenden, und es erklang ein schreckliches Stöhnen, und dem jungen Manne schien, er liege unter diesem Klumpen, in einem engen Raum ohne Ausgang, ohne Öffnung ... Mit einem wüsten und verzweifelten Wehgeschrei sprang er vom Divan auf.

In diesem Augenblick öffnete sich die Tür, und – der Polizeimeister kam herein.

– Herr Serebrov, – sagte er, – Ihr Verbrechen ist endlich aufgeklärt und bewiesen. Sie können nicht länger leugnen.

Der junge Mann stand regungslos. Ihm sträubten sich die Haare, auf der Stirn hingen dicke Schweißtropfen, die Augen blickten den Polizeimeister verständnislos an.

– Sie können nicht länger leugnen, – wiederholte der, – alle Befragten beschuldigen Sie einstimmig, selbst die Mitschuldige an Ihrem Verbrechen hat gestanden.

– Unsinn! Unsinn! – schrie der Häftling verzweifelt. – Man hat mich verleumdet! Ich weiß von nichts!

Ich bin unschuldig! Ich habe Streleckij nicht getötet!

– Sie beschuldigen sich selbst …

– Wie! Was soll das? – unterbrach der junge Mann stotternd, – ich beschuldige mich selbst? nein, ich sage nichts mehr, ich weiß von nichts!

Der Unglückliche war rasend. Seine Augen blitzten wie glühende Kohlen, und unbändige Wut zeigte sich in allen seinen Zügen. Er warf sich mit aller Kraft auf den Polizeimeister, stieß ihn von der Tür weg und lief hinaus. Die Soldaten in den Vorzimmern vertraten ihm den Weg. Er stieß einige Mann beiseite und stürzte weiter. Noch einen geglückten Schritt – und der Häftling wäre verschwunden gewesen. Aber die Verzweiflung hatte ihn geblendet: statt auf die Tür stürzte er auf ein Fenster zu. Das Eisengitter zitterte unter seiner Hand, erzitterte, hielt aber stand. Der junge Mann verbiß sich mit den Zähnen hinein: Blut lief ihm aus dem Mund. Die Soldaten nutzten diesen Moment, stürzten sich von hinten auf den Wahnsinnigen und warfen ihn mit vereinten Kräften zu Boden.

– Bindet ihn! – sagte der Polizeimeister, wie gewohnt gleichgültig.

Vergeblich wand sich der junge Mann und schrie. Sein Widerstand, so heftig er auch war, konnte der Kraft von sechs oder sieben Mann nicht standhalten.

An Händen und Füßen gebunden, fiel er mit dumpfem Gebrüll auf den Divan, Schaum, mit Blut vermischt, lief ihm in mehreren Bächen über Lippen und Bart.

– Das ist nichts anderes als ein Geständnis, – sagte der Polizeimeister, der einige Minuten gewartet hatte, bis er bemerkte, daß der junge Mann ihn verstehen konnte. – Sie quälen sich und andere vergebens.

Der Häftling schwieg.

– Ich würde Ihnen nicht raten, länger zu leugnen, laut Untersuchung liegen Ihre Taten so offen zutage, daß ich sie Ihnen in allen Einzelheiten erzählen kann. Hören Sie zu, wenn Sie wollen. Sie haben für Ihre Frau nie wahre Liebe empfunden: Ihr flatterhafter und schwacher Charakter, oder – besser gesagt – Ihre Charakterlosigkeit waren unvereinbar mit dem Gefühl für eine beständige Bindung. Die Schönheit Nymphodora Ivanovnas hatte Sie bestrickt, und Sie dachten, sie zu lieben, als Ihre Wünsche jedoch befriedigt waren, schwand die vermeintliche Liebe, denn es war keine Liebe, sondern ein bloßes Aufflackern der Lust. Vier Monate nach Ihrer Eheschließung machte Sie der Zufall mit einem ehrbaren Menschen bekannt, dem Hofrat Fëdor Lvovič Streleckij. Er war unermeßlich reich, aber sparsam, sogar geizig. Seine Frau war ein Dutzend Jahre jünger als er, feurig, herrschsüchtig, verschwenderisch, sittenlos, die ihn aus Berechnung geheiratet hatte in der Hoffnung, an seinem Reichtum zu participieren, und die sich in dieser Hoffnung getäuscht hatte, denn er ließ ihr nie ihren Willen. Die Streleckaja haßte ihren Mann, wie Inhaftierte den Gefängniswärter. Sie verliebte sich in Sie. Die Kunstgriffe des Kokettierens, über die Frauen, die sich an die Tugend nicht gebunden fühlen, so zahlreich und vielfältig verfügen, erwarben ihr bald Ihr Herz oder Ihre Vorstellungskraft. Es kam zu einem Liebesverhältnis. Zu der Zeit, da Ihre Bediensteten dachten, Sie säßen und schrieben im Departement, waren Sie bei der Streleckaja oder verbrachten die Zeit mit Ihrer Geliebten irgendwo: in Petersburg gibt es recht viele Lasterhöhlen. Sie waren von der Streleckaja verzaubert, geblendet von ihrer verblühten Schönheit und ihrem vermeintlichen Unglück, über das sie sich bei jedem Stelldichein mit Ihnen beklagte. Bald begannen zwischen Ihnen die Gespräche, wie man ihrem Kummer würde abhelfen können. Bald begannen Sie miteinander davon zu sprechen, daß, wenn Fëdor Lvovič tot wäre, alles Unglück, das Ihre Geliebte bedrückte, ein Ende hätte und alle Hindernisse für Ihr gemeinsames Wohlleben beseitigt wären. Die Streleckaja, Verbrecherin der Seele nach, trug keine Bedenken, Ihnen den Mord anzutragen, und Sie hörten ihr ruhig zu, denn darauf waren Sie schon vorbereitet. Es blieb nur, sich einfallen zu lassen, wie man diesen Plan am besten würde ausführen können. Sich von dem verhaßten Menschen zu befreien, schien der Streleckaja zu wenig: auf diese Weise hätte sie nur den siebten Teil aus dem Vermögen ihres Mannes erhalten, aber sie wollte alles. Sie dachten ebenso, denn das Bild des Reichtums, der im Hause Streleckij herrschte, ungeachtet des Geizes des Hausherrn, hatte in Ihnen heftigen Neid erregt. Also mußte ein Plan gefaßt werden, vermittelst dessen alle diese Schätze in Ihre Hände fielen. Der klare Verstand Streleckijs gestattete Ihnen nicht zu hoffen, daß er sich entschließen könnte, das Vermögen seiner Frau zu überschreiben. Was also war zu machen? Der listige Geist Ihrer Geliebten schwankte nicht lange: er ersann einen höllischen Plan. Fëdor Lvovič war schon lange unzufrieden mit seiner Behausung an der Alarčin-Brücke, aber sein schlechter Gesundheitszustand gestattete ihm nicht, sich um einen Wohnungswechsel zu kümmern. Also machen Sie sich anheischig, diese Scherereien zu übernehmen, finden ein Haus, mieten es und geben sich dort aus als Fëdor Lvovič. Die Hausbesitzer zu täuschen war leicht, weil diese weder Sie noch ihn kannten. Zu täuschen waren nur die Bediensteten: das war bei weitem schwieriger. Zu Ihrem Glück wurde Fëdor Lvovič sehr krank…

Hier stöhnte der junge Mann, der die ganze Zeit wortlos dagelegen hatte, auf und sagte etwas Unverständliches.

– Die Krankheit zwang ihn aufs Bett. Niemand hatte zu ihm Zutritt außer seiner Frau und einer alten Dienerin, die in die Verschwörung eingeweiht war. Sie nutzten dies, entließen alle Leute und stellten neue ein. Die Geschwindigkeit, Ihr Geschick und die Vorsicht, mit der das alles durchgeführt wurde, bewirkten, daß Fëdor Lvovič, der krank in seinem Zimmer lag, keinerlei Verdacht schöpfte und nichts wußte vom Auswechseln der Bediensteten, während die Neueingestellten Sie für Streleckij hielten. Schließlich kam der Tag des Umzugs. Den armen Streleckij hatten Sie am Vorabend dieses Tages umgebracht und heimlich aus dem Haus geschafft. Sie haben nicht vergessen, ihn zu verstümmeln und ihn in Ihre eignen Kleider zu stecken, um Ihre Frau und alle übrigen zu täuschen. Ich gebe zu, Herr Serebrov, es war viel Kühnheit vonnöten, um sich zu entschließen, alles auszuführen, und noch mehr Kunstfertigkeit, es mit Erfolg auszuführen. Aber das Glück konnte Sie nicht unablässig begleiten, und ein Verbrechen, ein so dreistes, mußte früher oder später entdeckt werden. Ich begreife nicht, wie Sie daran nicht gedacht haben!

– Verfluchte! – sagte Serebrov dumpf.

– Zumindest Sie, – fuhr der Polizeimeister fort, um Serebrov ins Gespräch zu ziehen, – zumindest Sie hätten abreisen müssen, irgendwohin an einen Ort, wo man weder Sie noch Streleckij kennt.

– Die Verfluchte! – unterbrach Serebrov, – das war alles sie! Ich habe ihr gesagt, wir müßten verschwinden, aber die dumme Gans wollte nicht lassen von den Petersburger Vergnügungen. Oh! wenn ich ihr heimzahlen könnte, was ich jetzt erdulden muß.

– Also, Sie gestehen? – fragte der erfreute Polizeimeister.

Serebrov kam zu sich. Sein Blick schweifte finster durch das ganze Zimmer. Er gab lange keine Antwort.

An einem der Herbsttage, wenn der Himmel über Petersburg hängt wie ein unreines niedriges Zelt und die Straßen schmutzig sind, die Luft erfüllt ist von Nebel und die Regentropfen wie unsichtbarer Staub in diesem Nebel schwimmen, – an einem dieser Tage (deren es viele gibt in Petersburg) schlängelten sich, an den Pfützen vorbei, zwei Passanten, ein Mann und eine Frau, auf die hölzerne Brücke zu, die neben den Toren des Litauischen Schlosses liegt.

Das Bild um sie her war das langweiligste: der Platz leer, das riesige, häßliche Gebäude des Großen Theaters ragte mürrisch vor ihnen auf; sein scharfkantiges Dach verlor sich im Nebeldunst; die Häuser standen mit nassen Fassaden; der Wind blies vom Nikolausmarkt und kräuselte das graue Wasser.

– Was für ein höllischer Tag! – sagte der junge Mann gedehnt, – mir scheint, in meinem ganzen Leben hat es so ein Wetter nicht gegeben. Sehen Sie sich vor, sehen Sie sich vor! hier ist es tief, schlagen Sie einen Bogen darum. So, gehen Sie mir nach. Na also! Gott sei Dank! Wir sind da.

Die Gefährtin des jungen Mannes antwortete nicht und ging gebeugt, in tiefer Nachdenklichkeit. Sie näherten sich einem runden Turm, in den Eisentore eingelassen waren. Der junge Mann klopfte. Es öffnete sich eine Klappe, und der Wachmann fragte, was er wolle.

– Zeig uns das Kontor, – sagte der junge Mann.

– Gehen Sie bitte nach links, die Galerie lang, erste Tür, dann die Tür rechts. – Sie traten unter das finstere Gewölbe des Turms, die Klappe schloß sich hinter ihnen mit schwerem Krachen. Die Frau fuhr zusammen und konnte sich kaum bewegen; der junge Mann mußte sie stützen.

– Ach, Nymphodora Ivanovna! – sagte er erregt, – warum haben Sie nicht auf mich gehört? Ohne etwas zu sehen, kaum lebendig, und was wird nachher sein?

Solange sich die Sache hinzog, hätten Sie, nach meiner Überzeugung, ein Wiedersehen mit Ihrem Mann ablehnen können, und jetzt, wo er angeklagt und verurteilt ist, können Sie dem Wunsch nicht widerstehen, ihn zu sehen? Was ist das für eine Freude?.. Ach, Nymphodora Ivanovna, ich fürchte, das Wiedersehen bringt Sie um.

– Soll es mich umbringen, – antwortete Nymphodora, ihre Kräfte zusammenraffend, – zumindest werde ich ihn noch einmal sehen, ein letztes Mal.

– Sie werden diesen Menschen sehen! Und ist er Ihres Mitleids wert?

– Er ist mein Ehemann. Ich war glücklich mit ihm!

– Glücklich nur in Ihrer Vorstellung, denn er hat Sie getäuscht.

– Wer weiß? Vielleicht hat er sich selbst getäuscht. Ich weiß nur, daß er jetzt im Unglück ist und sein Verbrechen sicher bereut. Kann ich da kein Mitleid mit ihm haben? Ewige Verbannung … ewige Katorga … Ach! das ist schrecklich!.. Ich möchte wenigstens einen Blick auf ihn werfen vor dieser Trennung!

Nymphodora und Astrov traten durch die Tür des Kontors. Es war voller Häftlinge. Eine Partie Verbrecher sollte zur Katorga verschickt werden, die andere in die Verbannung. Etwa fünfzehn Mann mit geschorenen Köpfen, in graue Armjaki gekleidet, standen vor dem Gitter, hinter dem ein Beamter saß, der sie namentlich aufrief und hinter jedem Namen in einem großen Buch ein Zeichen machte.

Wer sich vergewissern wollte, bis zu welchem Grade das Laster und die unvermeidlich darauf folgenden Gewissensbisse das Gesicht eines Menschen entstellen können, dem genügte ein Blick auf diese Menge. Hier waren die Menschen nicht mehr Menschen ähnlich; es waren wilde Tiere oder irgendwelche phantastischen Ungeheuer. Die Menschenliebe hätte sie nicht ohne Entsetzen gesehen.

– Aleksandr Serebrov! – rief der Beamte just in dem Augenblick, als Nymphodora das Kontor betrat.

Die Menge geriet in Bewegung, und aus ihr hervor trat, mit den Ketten klirrend, ein großgewachsener junger Mann, der nichts mehr hatte von dem schönen und blühenden Jüngling, der Nymphodora einst bestrickt hatte. Mit einer gewissen verschlagenen Schüchternheit näherte er sich dem Gitter und richtete den Blick auf den Beamten. Der winkte ihm. Serebrov verbeugte sich tief und hatte es eilig, sich wieder unter die Menge zu mischen.

Als sie so unverhofft ihren Mann sah, noch dazu in einem so erbarmungswürdigen, erniedrigenden Zustand, konnte Nymphodora einen Aufschrei nicht unterdrücken. Ihre Stimme schien den Gefangenen zu durchbohren. Er fuhr zusammen und blickte sich um, sah oder erkannte seine unglückliche Frau aber nicht.

Unterdessen fragte der Beamte, der das Eintreten zweier Außenstehender bemerkt hatte, womit er dienen könne. Astrov wollte nicht, daß das Wiedersehen der Eheleute vor den Augen der anderen Gefangenen erfolgte, und bat den Beamten deshalb, im Aufrufen fortzufahren, nachdem er gesagt hatte, er werde den Grund ihres Kommens später erklären. Der Beamte wies ihnen die Tür ins Nebenzimmer. Astrov und Nymphodora gingen durch den Raum, er blieb auf der Schwelle stehen, sie fiel, schluchzend, auf den erstbesten Stuhl.

– Und wo sind die Frauen? – sagte der Beamte und gab den Gefangenen ein Zeichen, sich zu entfernen.

– Kommen sofort, Euer Wohlgeboren, – antwortete die Wache, und einige Sekunden später kamen die beiden weiblichen Gefangenen, begleitet von einem Soldaten.

Es waren zwei recht junge Frauen: die eine Bäuerin, mit der gewohnten bäuerlichen Physiognomie; die andere Gott weiß wer, eine großgewachsene, hagere Gestalt, mit gelbem Gesicht und schwarzen Haaren, die wüst und bösartig nach allen Seiten ragten.

– Agrafena Streleckaja! – rief der Beamte auf, ohne den Blick von seinem Buch zu heben.

Bei diesem Namen sprang Nymphodora schnell von ihrem Platz und stürzte zur Tür. In diesem Augenblick ertönte aus der Menge der Gefangenen ein schrecklicher Schrei. Serebrov war aus der Fühllosigkeit erwacht, Haß und Rachsucht gaben ihm die Kraft und die Dreistigkeit zurück, die er in der Arrestzelle des Ober-Polizeimeisters bewiesen hatte. Mit einem vor Raserei lodernden Blick, mit bleichem, bläulichem Gesicht schob er blitzschnell seine Kameraden auseinander, warf sich auf die Streleckaja, gleich einem wütenden Tiger. Und noch ehe man ihr zu Hilfe eilen konnte, schlangen sich seine beiden Hände krampfhaft um den Hals seiner ehemaligen Geliebten, die röchelnd zu Boden fiel. Der Beamte bekam es mit der Angst, im Kontor erhob sich Tumult. Man eilte, die Streleckaja zu befreien. Mehrere Mann fielen über Serebrov her: sie rissen ihn an den Händen, bemüht, sie vom Hals der Sterbenden zu lösen, andere versuchten ihn wegzuzerren. Aber Serebrov war in diesem Augenblick stark wie ein Löwe, oder – besser gesagt – seine Finger erstarben um den Hals der Streleckaja, so daß niemand sie aufbiegen konnte.

– Verfluchte! Verfluchte! – brüllte er, schier erstikkend vor Wut. – Du allein warst an allem schuld!

Schließlich überwältigten die Anstrengungen vieler zu Hilfe geeilter Soldaten den verzweifelt Rasenden.

Serebrov ließ von seinem Opfer ab. Es war schon ohne Atem.

Der Mörder wurde abgeführt.

Ohne den geringsten Widerstand zu leisten, ging er in Begleitung zweier Wachsoldaten hinaus, die Befehl hatten, ihn in den Karzer abzuführen, als sie aber an der Hauptwache vorbeikamen, packte Serebrov plötzlich aus dem Ständer ein Gewehr und rammte sich das Bajonett so heftig und treffsicher in die Brust, daß der herbeigerufene Arzt seine Wunde für tödlich erklärte.

Diese Nachricht brachte man in das Kontor, als Nymphodora mit dem Beamten sprach. Sie war entsetzt und ging nach Hause.

Man erzählt, Nymphodora habe sich ein Jahr nach diesem Vorfall mit Astrov trauen lassen, doch ich, der ich das ganze Feuer ihrer ersten Liebe kenne, bezweifle das.

Aber wer errät schon das Herz einer Frau!

Editorische Notiz

Die hier vorgelegte Erzählung, Ivan Gončarovs wohl erste Prosaarbeit, wurde erst 1959 in der Handschriftenabteilung des Instituts für Russische Literatur in Leningrad (Puškin-Haus) wiederentdeckt. Dort wird unter anderem der handgeschriebene, jeweils nur in einem Exemplar erscheinende Almanach des literarischen Salons des Hauses Majkov, *Podsnežnik* (Schneeglöckchen), aufbewahrt, in dessen erstem Band 1836 anonym *Nymphodora Ivanovna* erschien. Die Philologin Olga Demichovskaja hat den Text in Heft 1/1960 der Zeitschrift *Russkaja literatura* untersucht und ihn aufgrund zahlreicher Analogien und Übereinstimmungen bis in die Formulierungen eindeutig dem Werk Gončarovs zugeordnet. Im Druck erschien der Text dann erst 1993 im Maiheft der Zeitschrift *Moskva*.

Anmerkungen

Nymphodora – von griech. nymphē: Braut und doron: das Geschenk, gegeben; höchst seltener Vorname auch im Russischen, komisch in der Kombination mit dem Patronym Ivanovna, das auf einfache, plebejische Herkunft verweist.

7

Es war nichts zu machen – eine der Lieblingsformulierungen Puškins, vgl. *Die Erzählungen, Die Romane.*

11

Gvozdkòv – von gvozdik: kleiner Nagel; übertragen etwa: Rädchen.

12

zehnter Klasse – der aus 14 Klassen bestehenden Rangtabelle für Zivilbeamte und Militärs; der 10. Rang: Kollegiensekretär.

Serebròva – vgl. russ. serebro: das Silber.

Departement – Unterabteilung eines Ministeriums.

15

Englisches Kaufhaus, Madame Sichler – für: schick und teuer; Mme Sichler schon bei Puškin für: elegantes Hutgeschäft, Modesalon, erwähnt in der Erzählung *Roslavlev.*

16

vierte Stunde, vor dem Essen – die Hauptmahlzeit, russ. obed, und oft übersetzt mit ›Mittagessen‹, wurde in den Hauptstädten nachmittags, zwischen vier und fünf Uhr eingenommen.

17

Iván Artamònyč – Ivan: Ioann, Johannes; das Patronym von griech. artemes: unverletzlich, gesund – komisch insofern, als den Alten kurz darauf der Schlag trifft.

24

Marienglas – kristallförmige Tafelablagerungen von Gipsspat, Glimmer, dt. auch Frauenglas, Fraueneis; früher verwendet zum Schutz von Marienbildern.

Afanásjev – griech. athanasia: Unsterblichkeit.

25

Assignaten – älter f. Geldscheine, Papiergeld, in Rußland 1769 eingeführt durch Katharina II. Die Farbe Rot für: zehn Rubel.

elektrischer Funke – vgl. hierzu »Galvanismus« in Puškins Erzählung *Pique Dame*. Der Brockhaus 1827: »Durch die Wirkung verstärkter Elektricität können entzündliche Körper entzündet, dünne Metalldrähte geschmolzen, kleine Thiere und Pflanzen getödtet werden ... Man kennt zwar nun die Gesetze, nach welchen die elektrische Materie wirkt, so weit, daß man das, was geschieht, erklären, und was geschehen muß, vorherbestimmen kann; aber desto unwissender ist man noch in Hinsicht auf die Beschaffenheit des Grundstoffes, der die Elektricität ausmacht.«

26

Adelsmarschall – gewählter Repräsentant der Aristokratie mit auch rechtlichen Befugnissen, z. B. der außergerichtlichen Schlichtung von Besitz- und Familienstreitigkeiten; gewählt für jeweils drei Jahre, daher »dreijährig«.

Katerina Ignátjevna – von Ekaterina, griech. katharios: rein.

Pável Lukjányč – lat. paulus: der Kleine; lux: das Licht.

27

Leònovskij – lat. leo: Löwe.

verstorbener Delvig – Anton Antonovič, 1798–1831, russ. Lyriker, enger Freund Puškins, Herausgeber der *Literaturzeitung* 1830–1831. Das Zitat entstammt einem der »Russischen Lieder« Delvigs, 1826 veröffentlicht, das die Nachtigall besingt, die davonfliegt, während das verliebte junge Mädchen allein zurückbleibt. – Ein zweites »Russisches Lied« Delvigs zitiert Gončarov indirekt in der Frühlingspassage: »Langweilig, Mädchen, lebt sichs im Frühling allein«, 1824.

28

fern der philosophischen Verkommenheit – der Metropolen, vor allem Petersburgs; vgl. Puškins ironische Schilderungen der Erziehung auf dem Lande, etwa in *Schneesturm*.

31

Christwoche – russ. svjatki, die Tage zwischen Weihnachten und Hl. Drei Könige mit der traditionellen Wasserweihe.

33

Lieben Sie, wenn es draußen kalt ist – vgl. Puškin, *Evgenij Onegin* über den russischen Sommer: »Er blitzt vorbei und ist nicht mehr: das ist bekannt, auch wenn wirs nicht erkennen wollen« (Buch 4, XL).

34

Kazansche Brücke – am Nevskij Prospekt zwischen Aničkov- und Polizeibrücke über den Katharinen-, heute Griboedov-Kanal.

37

Philipp III. – geb. 1578, König von Spanien 1598–1621; überließ die Regierungsgeschäfte dem Herzog von Lerma, ab 1618 dessen Sohn, dem Herzog von Uzeda.

38

Herzog Alba – nicht der Feldherr unter Philipp II., sondern einer seiner Anverwandten.

»occasion« – russ. f. Gelegenheit, in die russ. Literatursprache eingeführt von A. S. Puškin.

47

Astrov – russ. ástra: die Aster; wohl eher von der lat. Wendung »per aspera ad astra«.

51

Ich rate Ihnen, Jungfrauen – in dieser Passage ist nur der erste Satz Anrede; die folgenden, in der dritten Person, beschreiben die Fährnisse, denen Jungfrauen im Leben ausgesetzt sind.

53

Verwandte, wie Puškin sagt – vgl. *Evgenij Onegin*, Buch 4, XX/XXI »Verwandte, das sind Menschen, die wir verpflichtet sind zu lieben, von Herzen zu verehren und, nach Volkes Sitte, am Weihnachtstage aufzusuchen oder ihnen mit der Post zu gratulieren.«

schwarzer Tag – russ. Sprichwort: Das Geld bewahre auf den schwarzen Tag; den Tag der Not.

Jüngling und Jungfrau – meint die Erzählung *Atala ou les amours de deux sauvages dans le désert* von François René Vicomte de Chateaubriand, 1768–1848, erschienen 1801.

54

Zea – Kea, das antike Keos, Insel und Hafen im Ägäischen Meer, die Chateaubriand auf seiner Palästinareise am 6. August 1806 erreichte: »Zéa, bâti en amphithéâtre sur le penchant inégal d'une montagne, n'est qu'un village malpropre et désagréable, mais assez peuplé: les ânes, les cochons, les poules, vous y disputent le passage des rues; il y a une grande multitude de coqs, et ces coqs chantent si souvent et si haut, qu'on en est véritablement étourdi.« *Itinéraire de Paris à Jérusalem*, 2.Teil.

56

Kleinrußland – älter f. die Ukraine.

59

ob Rußland Armenien erobert hatte – Armenien, immer wieder aufgeteilt zwischen Türkei, Persien und Rußland, fiel 1828 durch den Friedensvertrag von Turkmantschaj zu großen Teilen an Rußland; weitere Gebietsgewinne 1829 nach dem Feldzug General Paskevič, vgl. A. S. Puškin, *Die Reise nach Arzrum.*

aufständisches Polen – meint Niederschlagung des polnischen Aufstandes 1830–1831.

27. Juni 1709 – die Schlacht von Poltava, Datum nach altem Stil.

60

»Wer gegen die Russen ist« – Reflex auf den Sieg gegen Napoleon und den Vaterländischen Krieg 1812–1815.

Die Zuschauerinnen – vgl. deren Beschreibung durch Puškin in den Erzählungen *Schneesturm* und *Roslavlev.*

61

Secondelieutenant – 12. Rang in der militärischen Rangtabelle, dem Kornett entsprechend.

72

Strelèckij – russ. strelec: der Schütze, vgl. die Strelitzen unter Peter I. und dessen Rachegericht unter ihnen.

Hofrat – in der zivilen Rangtabelle der 7. Rang, d. i. ungleich höher als der Kollegiensekretär.

77

Alarčin-Brücke – am Englischen Prospekt über den Katharinen-Kanal, benannt nach ihrem Erbauer, dem Schiffsbaumeister Aladčanin, im wenig attraktiven Stadtteil Kolomenskaja.

80

Fëdor Ivanovič – griech theos: Gott, doron: gegeben, Geschenk.

83

Groschen – dem Deutschen entlehnt, in Rußland: zwei Kopeken.

91

Litauisches Schloß – oder Stadtturm, unter Katharina II. erbaut: das Gefängnis im Stadtteil Kolomenskaja, unmittelbar am Theaterplatz; »bildet ein verschobenes Viereck, ist zweistöckig, massiv und mit starken Mauern versehen. Nur eine einzige doppelte eiserne Pforte führt von der Straße ins Innere.« (Baedeker 1883)

Großes Theater – am Theaterplatz, 1811 abgebrannt, 1818 wiedereröffnet, erneut umgebaut 1836; Spielstätte für italienische Oper und Ballett; das heutige Konservatorium, nicht das später errichtete Marientheater.

93

Kátorga – russ. terminus des Strafvollzugs: Zwangsarbeit, verbunden mit meist lebenslänglicher Verbannung nach Sibirien.

Armjàk – tatar. Wort, Gewebe aus Kamelhaar (armajčina); langer Bauernrock, faltenloser Kaftan. Als Begriff auch Synonym für Häftlingskittel. Betonung: Armjakí.

95

Agrafëna – russ. von latein. Agrippina, die, in Opposition zu Tiberius, ihren Söhnen zur Herrschaft über Rom verhelfen wollte, starb 33 n. Chr. an Hunger in der Verbannung.

Umschlag-Entwurf: Horst Hussel

2. Auflage

Katharina Wagenbach-Wolff, Carmerstraße 10, 10623 Berlin

Gesetzt in der Korpus Bembo-Antiqua von Harald Weller, Berlin
Gedruckt bei der Druckerei Gerike, Berlin
Printed in Germany ISBN 3 932109 17 1